U0127360

闇夜的怪物

よるのばけもの

住野夜
Yoru Sumino

丁世佳 譯

夜晚來臨，我就會變成怪物。

星期二・夜晚

一個人在陰暗的房間裡，不管是躺著、還是坐著、還是站著、還是蹲著，深夜時就會突然發生。有時候從指尖開始，有時候從肚臍開始，有時候從嘴巴開始。

今天，一粒黑點以淚珠的形式從眼中落下。一粒接一粒，像是止不住的淚水一樣逐漸愈演愈烈，最後猶如瀑布般從雙眼中溢出。緩緩蠕動的黑色顆粒覆蓋住全臉，從腦袋蔓延到胸部、手臂、腰際，包裹每一根手指，遍佈全身。

身體表面只剩下黑色，在那之後，自己的身體如何變化，因為無法客觀地觀察，所以不得而知。只有骨肉皮膚都跟黑點同化，身體形狀改變的感覺，那個模樣一定很嚇人吧。不，既然無法客觀地觀察，也不能這樣論定，或許像個可愛的黑球也未可知。

總之，不久之後，自己的身體變成了有六隻腳的生物，頭部冒出八個眼睛，這才終於有了視覺。鏡子裡除了全身蠢動的黑點之外，只有發光的白眼，不知何時張開的嘴巴猶如無底洞般漆黑。

第一次看見這個模樣的自己，大吃一驚，身體表面的黑點猛地四散紛飛，把房間裡的東西都撞倒了。然而，習慣了以後，看起來就像遊戲或動畫裡的怪物一樣，自然而然地接受了。我覺得生在現代真是太好了。

變身的時候，一開始跟大型犬差不多大小，想變大的話，可以自由操縱黑點，能變得跟山一樣大。但是現在在房間裡，變大也沒有意義。

到外面去吧。我小心不要像第一次變形那樣把窗子打破，輕快地跳起來，穿過窗子的縫隙間，從自己位於二樓的房間脫身。

像液體一樣滑溜的身體流線地劃過空氣，幾秒鐘後無聲地落在泥土地上。這裡是離家大約三百公尺的空地。

以前隨便跳出去的時候，曾經踩壞過別人家的狗屋，所以另外找了這塊空地當做著陸點，後來我還偷拿了肉乾給那隻可憐的狗狗吃。當時我降落時牠睡在外面，沒在狗屋裡，真是不幸中的大幸。

在舒服的夜風和讓人心情祥和的靜謐中，我在剛睡醒的野貓注視下把身體膨脹三倍。我試過各種不同的大小，發現這樣最舒服。像是睡得很安穩的樣子、睡眼惺忪的野貓看見突然變大的黑色怪物，嚇得一溜煙逃竄無蹤。對不起啊，打攪你們睡覺了。

怪物化的我跟路面一樣寬，六隻腳像昆蟲一樣動作，在沒人的道路上前進。

平常這時候的我會想著接下來要做什麼，但今天的目的地已經決定了。

途中我趕走欺負野貓的野狗，來到十字路口。昨天我在這裡左轉，走向海邊，深夜的海岸非常安靜，這具黑色的軀體舒適地承受著浪濤聲。

還有時間，在目的達成之前，今天也去海邊看看可能不錯。

我沈浸在昨夜的美好回憶中，把身體往左傾的時候，聽到了悲鳴。全身震動了一下，定睛看去，一個颯爽地騎著自行車的小哥，好像在差點撞上前才看見我。他大叫了一聲，當場砰然倒地，雖然覺得他很可憐，卻也幫不上什麼忙。

總之，我朝海邊的反方向加速逃逸，人的動靜馬上就被我拋得遠遠的。那位小哥明天可能以為自己是在做夢，要不就是哪裡搞錯了吧。其實不是做夢，我真的在這裡，窗戶也破了，狗屋也還沒修好。

我在夜晚的加速，以速度來說稍微有點太快，不知何時就到了陌生的場所。我想確認這裡是哪裡，便到附近公園把身體變得比房子還大，看看大概的位置。我用高過電線桿的視線四下張望，好像真的到了很遠的地方，昨天度過愉快時光的海邊在遙遠的另一端。

得在天亮前回到自己的房間，要不然就會變成穿著睡衣光腳站在街上的怪人。現在的首要之務在於，確定自己身在何處，以及東方天空的顏色。

除非是要隱藏自己的形跡，不然快速移動並沒有意義，於是我先將身體變回道路寬度大小，慢慢地沿著路朝海邊行進。

要是被人突然看見，對方一定會很驚訝。比方說，我看見對面有車駛過時，就會往上飛越，讓車通過。我被車撞到並不會死，車在撞上我的時候黑點只會分散，不會阻礙車子前進。所以其實我不閃避也可以，之所以閃避是防範駕駛吃驚造成意外。

真要說起來，我早就厭倦為了好玩而去嚇唬別人。

今天我也往上跳起好讓對面的來車通過。身體雖然變成這樣，仍舊可以感受到夜風，也能聽到遠處微弱的警笛聲。

夜晚這種時刻，非常溫柔。

到了海邊，今夜倒映著月光的海面也非常美麗。

只不過，今天已經有人先來了，雖然有點距離，但看得出有兩個人依偎著坐在海邊。他們也是來欣賞豐饒的海景吧。這種場合，要是出現怪物大殺風景就不好了，於是我遺憾地認命離開海邊。總覺得自己能替他人著想這點還蠻了不起的。

沒辦法，那就先達成目的吧。騎自行車到目的地約十分鐘，這個軀體快起來的話要不了十秒，但是我已經不用趕時間了，就慢慢地前進以免嚇到不相干的人。

大約花了二十分鐘抵達目的地。這裡離住宅區有一段距離，是個被自然包圍的場所，十分安靜。我伸直了脊樑，從圍牆上方窺視，當然，沒有人在。接著迅速把自己的身體變成液體狀，從圍牆間的小洞鑽進去，進入校園。

幾個小時前洗澡的時候，心想，得去一趟學校。

這並非心血來潮，也不是想惡作劇，更不是因為喜歡自己每天得去上課的中學；而是因為明天課程表變更，我把作業忘在置物櫃裡了。

黑點聚集在一起，做出怪物的軀體。我望向校舍，看見裡面有光線閃了一下。可能是警衛在巡邏吧，要是被看見就不好了，我得不嚇到人才行。

我把身體縮成大型犬般的大小，盡量沿著校園的邊緣行走。即便如此，要是近看還是會看見裂開的大嘴跟八個眼睛，以及六隻腳，還有四條尾巴，目擊者一定會嚇一大跳。我雖然能改變身體的大小，瞬間變成別的形狀，但基本上好像非得保持這種型態不可。雖然不知道這種規矩是誰定的就是了。

我來到從校園望去兩棟校舍的裏側末端，沿著牆壁一口氣爬到屋頂上，盡量避免發出不必要的噪音，越過鐵絲網靜靜地著地。

其實本來可以從窗戶進去的，但我想繞一下路。上次來屋頂，記得是一年級參觀學校的時候，莫名地感到興奮。我的視力晚上也很好，看得到角落裡的煙蒂。

享受完夜風和支配這個空間的成就感，我從屋頂厚重門上的鑰匙孔鑽了進去。

沒有聲音，不對，有抽風機之類的低沈電子音。四下也並不漆黑，緊急出口的燈和月光讓學校沐浴在微微的光線中。但是就算有聲音、有光線，晚上的學校老實說並不是讓人覺得很舒服的地方。

要是碰到什麼人，吃驚的一定是對方，再怎麼不行我還可以巨大化，就算出現幽靈也不會輸。

即便如此，我還是覺得背上發涼。

好了，快點達成目的到外面去吧。

校舍是五層樓建築，每天必須去的三年級教室在三樓。我慢慢地走下樓梯，無聲地在體表蠢動的黑點不知怎地有點不安份。經過四樓的圖書室和美術教室時，月光透過窗戶照亮了我黑色的軀體。今晚是滿月。

我每天都會變身，但只有滿月才變身的怪物，比方說狼人之類的，會不會打亂生活規律啊？我邊想著這些無關緊要的事，來到了三樓，剛好聽到樓梯旁邊的廁所有沖水的聲音，我往上跳躲起來，然而好像只是自動洗淨而已。分明已是這副模樣還畏畏縮縮的，真是受不了自己。

一步一步地接近教室──我是二班──經過兩間教室前面，我感覺現在不知道有沒有的心臟血管好像緊縮了起來。

其實根本沒經過多久，卻莫名感覺漫長的入侵經過也快結束了。

我從二班教室的後門縫隙進去，教室彷彿像是落入另外一個世界般，四下安靜得連耳鳴都覺得嘈雜。

昨天的值日生可能偷懶了，桌子排得不整齊，但這種事用不著我管。我很快用尾巴打開自己的置物櫃。白天喜歡整理的我，故意把櫃子弄得有點亂，每次看到都很不爽。

數學課本、練習題、講義，我自由操縱的尾巴將這些捲起來。這麼說來，出去的時候得先開門把東西放到外面才行，因為能穿過縫隙的只有我的身體。這樣一來，是要從面對校園的窗戶，還是走廊出去比較方便呢？從窗口丟出去絕對不行。這樣的話，就把教科書拿到屋頂上放著，然後再回來關窗比較好吧。真麻煩。

想事情的時候我習慣用手搔頭，現在則用尾巴。我一面搔著頭，一面轉向黑板的方向。

「你在，幹什麼？」

我以為只有我在——

我看見她手撐著講台站在那裡。突然覺得喘不過氣來，無法出聲。

隨著汗毛直豎的感覺，全身的黑點暴動起來。黑點瞬間變成了風暴，撞翻了桌椅，吹飛了貼在牆壁上的課程表，書桌倒在地上發出轟然巨響。

狂暴的黑點覆蓋了教室，打算席捲講台跟那個女孩。

「哇啊！」

她縮成一團發出悲鳴，我心中的風暴才終於平息，四散的黑點遲疑地慢慢回到我身上。

黑點雖然回來了，但卻無法保持平常的狀態，我全身膨脹起來，像激烈的心跳般不斷地脈動。

她害怕地望向這邊，我八個眼睛中的兩個也望著她。

為什麼？到底為什麼這個時間會在這裡？

對方應該也對我的存在有所疑問。

我們沈默地面面相覷。

我並不是忘了要逃跑，只是很擔心。不知道她有沒有看見我翻置物櫃？有沒有看見落在我腳邊的教科書？要是看到了該怎麼辦呢？

這時，打破僵局的是她。

「嚇、嚇、嚇、嚇、嚇死我、了。」

她好像現在才感到震驚一樣，開始發起抖來。不，她的話，可能心不在焉到被驚嚇而忘了都不知道的地步。

她的肩膀大幅晃動，疑惑地四下張望，好像是要確定自己現在的狀況。而我不知該怎麼辦，只能默默地望著她。

然後，她不知道在想什麼，轉向我攤開雙手。

「等、等、等一下。」

她說完急急走出教室。原來前門是開著的啊。

望著她的背影，不管她為什麼在這裡，打算幹什麼，總之我急忙把教科書整理好，關上置物櫃。

我一面湮滅證據，腦子裡一面轉著各種念頭。那傢伙為什麼這種時間在這裡？現在又到哪去了？為什麼能正常地跟怪物說話呢？

一頭霧水胡思亂想。其實趁早逃跑就好了啊，但又擔心她是不是會被警衛逮住，便一直在原地等著。

「我回來了。我去解釋過才來的，所以，沒——問題了。」

她很快就回來了，還帶著笑容說道。

解釋？我差點脫口而出，但即時止住自己。

我的聲音對方聽起來不知是什麼樣子，要是對方聽到的是平時的聲音，搞不好會發現是我。那絕對必須避免。既然這麼想，那應該可以高明地避免才對。

然而，變成怪物的時候，我的聲音聽起來是什麼樣子，這個答案她和我立刻就知道了。

「你在，那裡，做什麼。」

我沒有回答。

「你是，阿達同學，吧。」

「哎？」

原本應該緊閉的嘴巴發出奇怪的聲音，不小心叫了出來。

我不知道自己有沒有流汗，但確實有冒冷汗的感覺，全身的脈動又變激烈了。

為什麼，知道是我？

我瞄了後方一眼，果然是看見置物櫃了吧。

「啊，果然，就像是阿達同學的聲音。」

她好像故意似的拍了一下手。那副裝模作樣、被人說看了就討厭的動作，就算在深夜的怪物面前也仍舊沒變。

我沒有回答，只發出喃喃的咕噥聲，心想，不知能不能改變她的認知。我以前被野狗追著跑時，知道自己可以發出吼叫聲。

她只把頭傾向一邊，我覺得她可能在想，這跟自己想像中不一樣吧。

「肚子，餓不餓？」

我錯了。她一面用斷句奇怪、聽起來很難受的方式說話，一面劈哩啪啦地走到我前面，凝視著我的臉。我忘了將自己軀體巨大化，想要後退卻已無處可退。

怎麼辦呢？是不是應該現在立刻逃跑？但是就這樣放任不管，她可能會到處去宣揚我半夜變成怪物被她撞見了。就算沒人相信，她跟我之間的距離有所改變也不是好事。

她可能發現我動搖了，露出似乎毫無心機的滿意笑容。

「啊啊啊，但是，」

「……」

「裝出不是，阿達同學，的樣子，我搞不好，會到處去說。」

「等下，啊，不是，」

她的威脅讓我情急之下用一般普通的聲音開了口。聽到我的聲音分明沒什麼好高興的，她的笑意卻更深了。

「沒問——題。」

到底什麼沒問題啊。

「我不會跟別人，說的。」

不能相信她，也搞不懂她說「沒問題」是什麼意思。

「條，件是不要說我在這，裡。OK——？」

她的提議讓我有點驚訝，因為從她給我的那種遲鈍又蠢的印象看來，並不像是會提出條件交涉的人。

她大大的眼睛緊盯著我看，我輸了。

考慮了半晌，我點了點頭。與其陷身於未知的不安，不如掌握對方的弱點，接受交換條件。她已經認定眼前這個怪物是我，這樣放著她不管實在太危險了，她是個只會說些不必要的話的人。

後來回想起來，我可能是想讓人知道自己能變成怪物吧，或許就是想炫耀。

下了決心，我小心不讓聲音變調。

「這樣就好。」

我這麼如此說道。

「這樣就，好。」

她又笑起來，也跟著重覆說。

天知道好不好。話說回來，不被她發現才是最好的吧。

對了，她為什麼三更半夜跑到學校來啊？

我遲疑著不知道要不要問她，結果她先問了我奇妙的問題。

「阿達同學，這是，玩偶裝？」

她伸手要摸我的前腳，我迅速閃避。不知道被別人碰到的話會怎麼樣，而且哪有這樣突然要亂摸的人啊。

「不是。」

「啊，對，喔真的。現在的阿達，同學不像是穿，著玩偶裝。」

我刻意用威脅的腔調說道。但她非但沒有膽怯的樣子，反而又伸手想要摸。

這傢伙是怎麼回事啊？這樣的話……而且她從剛才就一直叫著阿達同學、阿達同學的。

「妳叫過我阿達嗎？」

受了對方影響開始正常地對話，而且還自己承認是阿達了。

然而，她似乎完全不介意怪物跟普通同學一樣和她說話，還刻意搖頭。

「沒有。但是人家都那樣叫，你吧？我是，矢野皐月。你，記得嗎？你習慣叫，名字？還是，綽號？」

「……名字。矢野同學，為什麼，在教室裡？」

「來，玩的。但是這樣也太過，份了。整理，吧。」

矢野同學不等我回答，就開始扶起我撞倒的桌椅，重新排整齊。

由於是自己弄亂的，也不好袖手旁觀，因此我用尾巴把桌子抬起來放好。

「好，方便。」

我耳邊聽到她的感想。

桌子比我進來時排得更整齊，課程表也重新貼好，我看見她好像擦了一下汗。

「辛，苦啦。」

「不會。」

我們在班上、幹部會議、社團活動都沒在一起過，跟在這之前連話都沒怎麼說過的女同學一起做事，並沒有什麼愉快的疲勞感。

矢野同學拍了一下手。

「這麼，說來，」

什麼啊，本來覺得她好像會說出什麼奇怪的話來，但所說的話卻很正常。

「剛才你問了我，要不是，玩偶裝，的話，阿達，同學為什麼是這個，樣子我非常好奇啊。」

我不知道該怎麼回答，心想隨便回一下好了……這時，教室裡突然響起熟悉的鈴聲。

我可能對聲音很敏感，嚇了一跳畏縮起來。

我不知道學校的鈴聲在半夜也會響，雖然附近沒有什麼人家，但這樣會吵到別人睡覺吧。

矢野同學卻沒有驚訝的樣子，也就是說這不是她第一次入侵，因此早知道鈴聲會響。

我以為是這樣，但卻並非如此——

「啊，晚休，時間結束，了。」

她從口袋裡掏出手機，操作了一下，鈴聲就停止了。

「為，為什麼是學校的鈴聲？」

「剛才，是預備鈴聲。要是不響，鈴我會忘，記。晚休，再十分鐘就，結束，了。」

什麼晚休啊！行為奇怪，說的話也奇怪。矢野同學讓我有點不爽，但這從黑色的怪物身上無法察覺吧。

她對我攤開雙手。

「那就，明天，再說。」

「啥，明天？」

難道她的意思是，明天來學校再說嗎？那要怎麼說呢！實在，不行。不能讓人看見我跟矢野同學說話，也不能讓人誤會她好像跟我很熟。

「那個，矢野同學。」

「沒問，題。不是，白天。明天，早一點到這裡，來吧。」

「這裡？」

「嗯。能，來，這裡，嗎？」

矢野同學雖然沒有明說，但我覺得她的言下之意是威脅我——不來的話她就去跟大家說。

事實上用這件事要脅，效果立即可見。雖說是交換條件，但要是說破了，受到傷害比較大的絕對是我。沒辦法，我只好點頭。

雖然變成了怪物，卻被嬌小的女孩子頤指氣使。事情怎麼會急轉直下變成這樣呢？

矢野同學愉快的表情也讓我不舒服，但我沒再多說什麼，就從窗戶縫隙間鑽了出去。

太陽升起，我變回人形，這才想起來我忘了把作業帶回來。

一個晚上的時間，都白費了。

變成怪物之後，我晚上就不睡覺了。

然而，卻久違地覺得可能是做了夢。

晚上變成怪物到學校去，被同班的女同學搭話，還約好私下見面……，真不知道是怎麼回事。

過去這幾個星期以來變成怪物，搞不好也都是做夢吧。

雖然感到非常遺憾，但不管怎麼想，這都是普通的解釋。會做這種夢，我的腦袋估計是出了問題，不僅變身成怪物，還在夢裡碰到那個矢野同學。

我已經決定事情就是這樣了。然而，當騎著自行車在上學途中看見壞掉的狗屋時，這世界上還真沒有人能替我闡述心情。

「喲，阿達。」

我在鞋櫃前面被人在背上重重拍了一下，雖然知道是誰，但我還是做出驚訝的表情轉過身。

「早啊。喔，你換髮型了。」

「嘿嘿嘿，被男人注意到也沒什麼好高興的啦！」

笠井雖然這麼說，還是露齒笑了，像是踏上台階一樣抬腳換上便鞋。笠井比我矮很多，所以他弄頭髮我一下子就注意到了。

好吧，這種程度的話應該不會被罵。我才剛這麼想，正要上樓的時候，身後就傳來一個聲音。

「笠井，我要把你燙的頭髮拔光喔。」

我和被威脅的同學一起轉過身，看見皺著眉頭的保健室老師，她叫做能登。

「不是剃光頭，而是拔光？」

笠井好像不管被哪個老師抓到都會開玩笑般地回道。

「因為懲罰要是不能讓人真的反省，就沒有意義了。」

能登拋下這句話就走了。

要是能登知道我未經許可侵入學校的話，不知道會說什麼？我擅自做了各種討厭的想像。

笠井已經爬上樓梯，我急忙趕上。

「阿達，你一直盯著阿能看，是迷上了歐巴桑嗎？」

「才不是。那個人有這麼老了嗎？」

「大概三十幾吧。」

我們來到三樓，走廊上熱鬧得很，老師們都說今年是考試年，但大家還是懵然未覺。

我走向教室，一步、兩步，視線自然地望向我們班，同學們像螞蟻一樣在門口進進出出。

其中有一人朝這裡走了過來，我和笠井一起舉手打招呼。

這時，我從眼角瞥見另外一個同學也朝這裡走來，一陣緊張竄入我的背脊。她從教室裡走出來，手裡搖晃著抹布，臉上掛著微笑走向我們。

矢野皐月看見我們，自然地開口打招呼。

「早，安啊。」

把重音放在「啊」上的怪異招呼。

我們不約而同地不望向聲音來源，一言不發地擦身而過。我心裡偷偷鬆了一口氣。

教室裡的喧鬧聲在走廊上也聽得到。走進教室，笠井跟大家打招呼，大家也回應他，我跟在笠井後面走進教室，也跟著打招呼。

「今天笠井換了髮型，真是太好了。」

在大家戲弄他的時候，我坐在位子上，露出「我早就在這裡了喔？」的樣子，融入周圍。

我把昨天沒帶回家的數學課本從置物櫃裡拿到桌上。雖然作業趁現在做也可以，但這個教室裡並沒有因為忘了作業就努力想挽回的人。要是被人當成書呆子欺負就不太妙了，所以我今天還是乖乖地老實說忘記寫作業吧。

這樣一來，早上這段時間就沒事做了。我一面百無聊賴地玩手機，一面跟旁邊的同學閒扯淡。隔壁露出虎牙笑著的工藤從一年級就跟我同班，我們很要好，所以這樣殺時間也不錯。

過了一會兒，矢野搖晃著抹布回來了。她沒有把抹布擰乾，水滴滴答答地落在教室的地板上，周圍的人都露出厭惡的樣子。

我心想，她拿這麼濕的抹布要做什麼？看著她走到自己的桌子前面，開始慢慢擦拭桌面。

我是用眼角瞥到的，因為我的座位在最後面，矢野的位子在將棋斜角走兩格的地方。不知道她的桌子怎麼了，但顯然是上面有塗鴉。

矢野仔細擦了桌面，不知道是滿意了還是放棄了，又搖晃著抹布走向教室前方，然後在經過聚集在前面的笠井他們時停了下來。

「換了髮，型呢。」

矢野用毫不在乎的口氣說道，好像很愉快似的面帶微笑。

當然沒有人望向她，矢野也知道，對他們沒有無視也沒有特別的反應，就這樣走出了教室。

矢野一走出教室，大家就紛紛咋舌。這是司空見慣的景象，要是在意的話就沒完沒了。

我反正沒事，就去上個廁所。來到走廊上，我走向跟矢野相反的方向。矢野一定是去廁所洗抹布，雖然那邊的廁所明顯比較近，但要是碰頭了跟我搭起話來也很麻煩。她應該不想被人知道吧，所以或許不會說出晚上的事，但還是覺得麻煩。

我在廁所也不知道為什麼特別仔細洗了手，回到走廊上，剛好看見綠川雙葉。

名字簡直像是藝人或是漫畫角色的女同學手裡拿著一本書，晃著長髮滿臉不悅地朝這邊瞥了一眼。一大早就碰到兩個完全相反的女生，頭都昏了。但是不能讓人發現我的感覺，努力做出給所有人看的微笑，跟她打招呼。

「早安。」

「嗯。」

綠川似笑非笑地嘴角微微上揚，小聲地應了一聲，然後沒有說任何別的話，簡直像是想忘記看見我一樣走向教室。

我並沒生氣，因為這傢伙一直都是這樣，她跟總是掛著笑容，說些有的沒的的矢野形成強烈對比。我跟在她身後走進去，看著她挺直的脊樑跟駝背的矢野也完全不同。

「早安。」

綠川走進教室，門邊就有幾個人開朗地向她打招呼，而她也只「嗯」了一聲點頭回應他們，連一句早安也沒說，就走到自己的位子上坐下。

「雙葉，又去圖書室啦？」

這次是坐在附近的女生開口問道。綠川繼續用「嗯」回答，接著將書翻開，完全沒有要對話的意思。雖然如此，那個女生也沒有不悅的樣子，轉而跟別的同學說話。

跟矢野一樣搞不清狀況的綠川，受到的待遇卻跟班上被霸凌的同學完全不同。理由有很多。

我跟隔壁的工藤閒聊殺時間，眼角瞥到矢野，她坐在沒人靠近的位子上，臉上堆著笑容，晃動著雙腳。

上課鈴聲終於響了，班導小池老師進來跟大家打招呼，班會跟課程都已經排好了，只要照表操課就行，輕鬆得很。

第一堂國語隨便上上，第二堂數學我說忘了寫作業，老師回說：「真稀奇啊。」其實並不是這樣，我偶爾也會忘了，但是這也用不著刻意反駁。老師說那就明天交吧，我便回到自己座位上。

上完第三堂地理，接著是有趣的課——體育。

走向更衣室時，女生們在矢野面前熱鬧地猜拳決定今天換誰倒楣。原來是這樣啊，今天女生的人數是偶數。在女生人數是奇數的時候，柔軟體操的配對，矢野總是落單，但體育老師都以為是偶然。

大人可能都不記得自己中學時的情形了。

我們的存活方式比大人想像殘酷得多。

換好衣服到體育館，玩了一會兒沒有球場的躲避球，老師就吹響了哨子。整好隊做完柔軟體操，繼續跟夥伴一起打排球。練習比賽的時候，就看著運動社團的傢伙十分活躍，在旁邊助攻，以不引人注目的程度得分。

男生和女生在體育館分開活動，我在跟笠井擊掌的時候，望向女生那頭。只見在運動時才會把長髮綁起來的綠川，沒接到井口送的球，而她對面是躺在地上的矢野，她的鼻端有白色的衛生紙。大概是流鼻血了吧，旁邊有其他女生看著，但卻沒有人接近矢野。

「阿達，你在看誰？要不要我幫忙啊？」

「沒有啦。」

我對著說笑的笠井隨口回道，然後回到球場。遲到的笠井被老師罵了一頓，也回到球場。

笠井也在看某個人吧，正確說來不是某個人。原來如此，因為他自己是那樣，所以也覺得我一定是在看某個人。

「辛，苦啦──」

上完課，矢野跟其他女生一樣跟我們打招呼，當然沒有人回應她，而塞在鼻孔的衛生紙上果然有血。

矢野搖搖晃晃地從我面前走過，我希望她不要突然回過頭來提起昨天的事，但她很難說不會做出這樣的反應。

不過，看來我是白擔心了，矢野並沒有這麼做。

只不過搞不清狀況，不懂得察言觀色的傢伙，總是能有各種不同的方式給周圍的人添麻煩。

我一面盡量不望向她矮小的背影，一面跟別人說話。矢野好像突然蹲了下來。只是好像，我並沒在看，我盡量假裝沒注意到，然後吃驚地突然避開，但還是輕輕地踢到了她的右腳。

身體不靈活的矢野「哇」地叫了一聲，跌倒了。我不由得回頭望去，看見她跌坐在地上，染血的衛生紙掉了下來。

矢野露出非常吃驚的樣子看著我，而我什麼都沒說。

我什麼都沒說，彷彿沒有發生任何事情一樣，繼續跟笠井他們聊天，他們也泰然接受。

後方傳來「嚇了一，跳啊——」的聲音，但我沒有轉身。

我跟其他男生一起進入更衣室，一隻大手砰地拍在我肩膀上，是棒球部的元田，他沒有露出不悅的樣子。

「你很厲害嘛，還順便踢了一腳。」

他笑著大聲說道，走廊上都聽得到吧。

「是在前面突然蹲下來的人不好吧。」

我皺著眉頭脫下運動衫回道。元田吹了一聲口哨。

換好衣服，肚子突然餓了，自從能變成怪物之後，肚子就很容易餓。

剛好中午休息時間也到了。

我們學校沒有提供營養午餐，鈴聲一響，去食堂吃飯的就紛紛快步走去買餐券，而我也買了烏龍麵跟炸豬排蓋飯。

我在吃拉麵的笠井斜對面坐下，他露齒一笑。

「你會變胖喔，阿達。」

笠井沒有惡意地笑著說。

「少囉唆——」

我一面吃炸豬排一面回道。

笠井爽朗的笑臉很受歡迎，男生和女生都一樣。食堂派的同學們都圍著桌子坐著。

「對了，阿達你知道嗎？」

笠井突然開口說道。

「知道什麼？」

「最近晚上有怪物出沒呢。」

我筷子挾著的豬排掉進了碗裡。

「哎？怪物？」

我驚訝的樣子可能太蠢了，同桌的都笑起來。

「嗯，最近有好幾個人說晚上看見外面有好大的怪物。我以為是做夢吧，但大家說的都一樣。有好多眼睛，好多隻腳，行色匆匆之類的。」

「那怪物還很大啊，真恐怖。」

事不關己的表情就是像我這樣吧。我把浸了醬汁的炸豬排送進嘴裡，東西不難吃，但我太過介意笠井，完全食不知味。

「怎麼樣，要不要去找怪物啊？」

「不是三更半夜嗎？我要睡覺啦。」

「什麼啊，阿達，這麼沒勁——」

笠井曾經在半夜溜進女朋友的家裡，被人發現接受過輔導。對他而言，因為要睡覺而拒絕這種理由太沒勁了。

我心想，晚上出去時，最好不要碰見他夜遊比較好。但轉念一想，就算被看見也不會怎麼樣吧，只要不是被人撞見我在翻置物櫃就沒問題。

然而，沒想到謠言竟然已經傳開了。

「笠井不要這樣啦！阿達又不是你！」

這句話讓大家都笑起來。

「就是啊，不要煩阿達啦——」

女生們也都贊同，又笑起來。

阿達、阿達地叫，但大家都看著笠井，我也對著笠井笑。

「囉唆囉唆——好，我吃飽了。去踢球吧。」

笠井擺擺手揮開眾人的捉弄，站起來抓抓腦袋，看著我說，我不假思索地點頭。笠井又跟另外一個男生使了個眼色，確保了踢足球的人數。

「每天這樣都不膩啊。」

女生看著男生一致急急把剩下的飯菜塞進嘴裡，笑著說。

午休時間剩下的三十分鐘，我們抱著撐飽的肚子踢足球。老實說，足球我不怎麼擅長，但我只要替笠井他們助攻就好，不用多想很輕鬆。人都有自己的定位跟該扮演的角色，大家必須互相理解這一點才行。

但，那傢伙就是不明白。

踢足球完全不花心思，我專注想著今天晚上的事情，不禁有點鬱悶，因此沒注意到球朝我這邊飛來。我撞上體格強健的籃球隊隊員，猝不及防當然被撞倒在地。

「怎麼啦，阿達！哇，手肘！手肘流血了！」

遊戲仍在進行中，但笠井一人朝我跑來。我望向手肘，果然破皮流血了。

「要不要我跟你去保健室？」

笠井大聲叫道。就在此時，足球也射進了球門。

「我又不是小孩，沒關係的。但還是去消毒一下好了。」

「這樣啊，阿達是要去跟阿能見面，所以才故意受傷的啊。那樣我就不好跟去當電燈泡啦——」

笠井一瞬間往上瞥了一眼說道。

「不是啦，」

我對著他的嘻皮笑臉反駁道。

「不是小孩，原來是這個意思啊——」

笠井說著跑向站在球門附近的隊友。

笠井會替我跟隊友解釋吧。我鬆了一口氣，從操場走回校舍。

我照剛才說的，到保健室想讓能登替我消毒。敲了門，裡面立刻應答。我很喜歡保健室門打開的瞬間傳出的氣味，不是消毒水的味道，是好像在玩捉迷藏時進入安全區域裡那種飄飄然的氣味。

保健室裡沒有其他的學生，能登好像在看書，桌上放著文庫本——《人間失格》。我沒看過，心想，大概是半夜變成怪物之類的故事吧。

「對不起，我擦破皮了，想消毒一下。」

「沒問題。好久不見了，安達同學。」

能登在不生氣的時候，稱呼學生都會加「同學」或「先生」、「小姐」。

「今天早上才見過的。」

「過來這裡好嗎？」

我坐在圓凳子上，能登很快替我消毒，只是破皮而已，不用貼OK繃。

我跟她道謝，正要走出去時，她叫住我。

「等一下。最近如何？」

「什麼如何……沒什麼，跟平常一樣。」

我總不能說晚上我會變成怪物吧，要是這麼說了，應該會立刻被要求接受輔導。

「午休時間還有十分鐘，在這裡休息一下吧？你是不是太勉強自己了呢？」

「……不用了，朋友在等我。」

我說著走出保健室，心臟跳得比平常快一點。

保健老師能登訓斥學生的時候很嚴厲，但其實很照顧人，有很多學生覺得她很煩是事實，但我並不這麼覺得。

我之所以拒絕能登的建議，並不是因為討厭她，而是擔心能登說不定跟矢野一樣，不知怎地發覺了我的秘密。

仔細想想，這是不可能的。即便如此，我仍舊擔心這種不可能的事情，果然還是因為昨天晚上的緣故吧。

我連受傷都算在內，而對矢野感到不爽，我覺得她是自作自受。

放學後笠井在教室閒扯淡，我也加入其中，因此離開學校的時間跟其他人稍微錯開了，所以撞見棒球部的元田，他們在矢野的鞋箱搞鬼。

我認為，那是自作自受……

從某種程度上來說……

星期三・夜晚

晚上變成怪物之後，我憂鬱地朝學校走去。

用跟昨天一樣的方法進入教室，矢野並不在。

是她說要早點來的，我略感不悅，心想她可能躲起來了，便到處尋找起來，但她確實不在。

是還沒來呢？還是不打算來呢？要是後者就好了。

我在教室後方把身體變換成舒適的大小，前面的門突然打開了。

「你已經來，了啊。」

「……是妳叫我來的啊。」

我雖然抱怨，但矢野好像沒聽到一樣。

「啊，我去洗，手。」

她說著走出了教室。

這傢伙，到底是怎樣啊！

過了一會兒，她一面在裙子上擦手，一面走回來。

這麼想來，她為什麼穿著制服呢？昨天我根本沒想到這點。

「我剛剛，做了墳，墓才來的。」

根本沒人問，但矢野同學就說了遲到的原因。

「墳墓？」

「嗯，塞在我鞋，箱裡的青蛙死，掉了。好可憐。」

沒人問啊，但矢野同學用大拇指和食指比了微小的距離。

「這麼小，的青蛙。青，蛙你喜歡雨蛙，還是，角蛙？」

「……我喜歡大眼蛙可洛比。」

「這樣啊。」

她不感興趣的態度也讓人不爽。

矢野同學乖乖地在自己的位子上坐下，一面搖晃著雙腿，一面望向這裡。

「眼睛，八個。腳，六隻。尾巴，很多條。」

她用手點出我的身體特徵，總覺得自己像是人體模型，但我並沒有說出感受如何。

為什麼會變成這副模樣？我以為她會問這種問題。在來這裡之前，我就已經想好了「不知道」這個答案，而且這並不是撒謊。

然而，矢野同學的問題完全是天外飛來。

「這才是你真，正的樣子？」

「……哎？」

「為什，麼，變成，人呢？」

我完全沒想到這種可能性。

「一到晚上就會變身。」

我老實跟搞不清楚狀況的矢野同學說道。

然而，用了「變身」這個詞，搞得好像什麼超級英雄一樣，自己都感到不好意思。

「我以為，你生下來就是這個，樣子，的。」

「要是那樣的話，就不用特別變成人來上學了吧。」

「我以為這麼奇怪的，樣子活著很辛苦，所以才變成，人啊。」

奇怪的樣子。這句話把我惹毛了，就算想像現實生活，也不覺得特別辛苦，至少沒有矢野同學每天這樣辛苦。

「矢野同學才是，為什麼要到學校來？」

對妳而言絕對不是有趣的地方，我心懷惡意地想著。

「因為沒有午，休時間，所以晚休時間，來玩。」

本來是要反諷她的，卻聽到她滿不在乎地回答。

我不知道她是什麼意思？晚休時間……。這麼說來，昨天好像也說過一樣的話。

「晚休時間是什麼？」

「你想知，道？」

「……也沒特別想。」

「晚，休時間，就是，啊，對了，你覺得我是怎麼，到這裡來的？」

「誰知道。」

「想知，道嗎？」

真是煩人的傢伙。雖然我早就知道，但兩個人一起單獨說話，感覺更明顯。

我無奈地沈默以對，她便開始說明我並沒有詢問的答案。

「警衛會放，我一馬。晚上的一，個小時。那就是晚休，時間。」

「哪有這種事。」

要是真的話，那小偷壞人都可以隨便進出了。

「不是騙，人的。當然我是學，生啊。」

什麼當然啦，就算是學生也不可以吧。但是現在我也在這裡，所以也不好說什麼。

「我也，是不久前知，道的。警衛先生，哎——有三個，人，問過叫什麼，名字但是忘，記了。都是好，人喔。」

所謂他們是好人，意思是矢野同學見過警衛先生，還跟他們說過話，而且警衛先生都疏忽職守，同意讓她到這裡來。

但這是不可能的。就算有這種事，在無法理解雙方的目的下，果然還是不可能的。

「你不相，信吧。」

「…………就算有晚休時間，那來學校有什麼意義嗎？」

「阿達，同學昨天也，來了啊。」

「我是來拿數學課本的，要做作業。」

「好認真，啊。」

雖然矢野同學應該沒什麼別的意思，但白天才被人這麼說過，現在在這裡又被講，讓我覺得不知道還存不存在的胃開始痛了起來。

「我是來享，受晚休，時間的。」

矢野同學不知為什麼笑著說，雖然根本沒什麼好笑的。

「因為白天的學，校沒法休息。」

我心想，她怎麼還笑得出來。

我沒辦法說：是啊。也沒法說：不是。

「阿達，同學，有嗎？午休。」

矢野同學帶著笑臉說了奇怪的話。

「………」

我沒有說嗯，也沒有說沒有。只是回想起今天的午休──吃了炸豬排蓋飯跟烏龍麵、踢了足球、受了傷、去找能登老師。這算休息嗎？

「那，就不說中午，的事了。」

分明是她先提起的。

「晚休還有，時間喔。要做什，麼呢？」

「哎，我想回去了。」

「阿達，同學平常，晚上都怎麼，過啊？」

「晚上怎麼過？」

「沒有色，色的意思，喔。」

一臉正經地說著蠢話，我不由得嘆了一口氣。只不過，矢野同學也能說出普通中學生一樣的話，讓我有點意外。

「晚上我會去山上或海邊。」

「哪裡都能，去啊。真，好。」

「之前會出去嚇人，但很快就膩了。」

「幽靈就，糟了。」

「然後就是——，啊，上次去了遊樂園，結果有很多工作人員在，嚇了我一跳。」

「哎！阿達，同學，沒被錯認為，新的遊樂，設施嗎？」

矢野同學誇張地應答。

我沒想到她這麼來勁，有點不知所措。

「矢野同學來學校做什麼呢？」

「滑手機，看YOU，TUBE，看漫畫，違反校規，的事情。」

都這樣了還講什麼校規，也不知道違反多少條了說。

「在家裡看啊？」

「家裡不，行。」

她直直地望著我，我不由得把八個眼睛都轉開。

雖然不太明白，但矢野同學說不行那就是不行吧。我並不理解，不過那是她的價值觀，人人都有自己獨自的價值觀。雖然我覺得她的也太多了，或許才會變成現在這樣，所以就算想要理解也是徒勞無功吧。

「但是也，對呢阿達，同學說的也有道，理。」

她同意我的話讓我很意外，也很慶幸，這樣我安靜的夜晚又可以回來了。

「要不要在，學校探險一，下啊？」

「……不是這樣的。」

「不是說在家，看就好了，嘛。」

「我沒說，我是說要回家。」

「要回，家啊，再三十，分鐘。」

她取出手機看時間。不知怎地，我看見她拿著手機覺得很意外。她都用手機跟什麼人聯絡呢？

「那就走，吧。」

她完全不管我是不是贊同，逕自站起來走到教室前方，從前門出去。

我想了一下，雖然完全沒有要答應她的意思，但不得已只好變成大型犬的大小，總之先跟上去看看。同時也擔心矢野同學要是被警衛抓到，可能會說出我的事情。當然，我對晚上的校舍是有那麼一點點興趣，或許是這個原因也說不定。

矢野同學先出去了，我用尾巴把門關了上鎖，然後化成黑點來到走廊上。

回到怪物的型態，她輕輕拍起手來。

「不關也，沒關，係的。」

說到這個，要是晚休時間是騙人的話，她是怎麼打開這裡的門鎖呢？

「這種大，小好像寵，物吔。」

「……最好小心一點。」

我壓低聲音說。

「怪，盜模式，啊。」

矢野同學摀住自己的嘴說。

我花了一點時間，在腦中把她發出的聲音轉換成怪盜兩個字。

「你的眼睛不，會伸出，來嗎？」

在走廊上前進了幾步，矢野同學突如其來地指著我說道。正確說來，是指著我的八個眼睛。

「我想應該不會吧。」

「要是能伸，長到轉角去，看就很方便不是，嗎？」

要能辦得到的話，確實很方便偵察，但是能用上的地方太少了，而且我也想像不太出來。

辦不辦得到姑且不論，要是辦得到的話，應該很酷吧。

透過窗戶照進來的月光投下陰影，黑點慢慢移動到陰影處，變成另外一個怪物。那傢伙像是遊戲的輔助角色，可以隨我的意思行動，在校內偵察輕而易舉。要是有這種能力的話，就太厲害了。

「阿達，同學，」

矢野同學在旁邊叫我，我望向她，發現她並沒有看這邊，而是正看向我身後。

「你可以這，樣做，喔。」

聽見矢野同學的話，我轉過頭，吃了一驚。

「分，身術？」

我搖著頭，不知道她在說什麼。

那是……什麼啊？

我身後緊跟著一個，與我剛剛想像中一樣的漆黑怪物——和我的不同之處在於，它連眼睛都是黑的。

剛才那裡分明什麼都沒有啊！我望向窗外，月光從前方照進來。

矢野同學好像覺得很稀奇似地望著影子，我先不理她，心裡試著默唸：「動一下。」並想像著它越過我跑到前面的樣子。就算半信半疑，試一下也沒損失。

過了一會兒之後，影子真的照我想像的樣子移動了。我仔細貫徹想像的模樣，讓它到走廊盡頭轉角的地方。

看見按照我的意思行動的影子，自己還是不由得吃了一驚，沒想到真的，有這種能力啊。

我想到能夠行動並不表示能偵察的同時，腦中突然浮現了另一個視野——我看見走廊盡頭的樓梯。這應該是影子的視野。

這身體真是方便啊。

「跑過，去了。」

「讓它把風，我們往前走。」

「真像，樣。」

她是指玩怪盜遊戲吧。

「矢野同學，打算去哪裡？」

「音樂教室，吧。看看晚上鋼琴會，響是不是真，的。」

「我們學校有這種怪談嗎？」

「誰知道，可能會，有吧。」

「也太隨便了。」

我用力吐槽她，矢野同學又露出笑容。到底有什麼好笑的啊？

我讓影子先去偵察，從我們目前的所在地到樓上的音樂教室，似乎都沒有人。為了謹慎起見，還是察看了走廊左右，確定沒有人在。

我不想再跟在駝背的矢野同學背後，便稍微往前，因為跟在她背後就真的和寵物沒兩樣。

走上樓梯，來到五樓盡頭的音樂教室。

跟在教室時相反，我先進去，打開了門鎖。音樂教室牆壁都是隔音材料，空氣凝重，三角大鋼琴像怪物一樣恐怖，好像可以吃掉一個人似的。

「鋼琴沒，有響呢。」

是啊。要是有幽靈的話，也不是為了要嚇這種大搖大擺進來的傢伙才留在人間的。

影子在音樂教室外面把風，要是有人來，一定會嚇得逃走吧。

我站在一邊不知如何是好時，突然聽到砰咚一聲，吃了一驚，黑點波動了一下。回過頭，看見矢野同學打開大鋼琴的蓋子，好像要演奏一樣在椅子上坐下。身材矮小的她坐下來，簡直像是小學生的發表會一樣。

「阿達，同學是莫，札特派？威，爾第派？」

「……貝多芬派。鋼琴發出聲音不太好吧？」

「貝多，芬啊。」

矢野同學不理會我的提醒，用兩隻小手敲著鍵盤，連續地敲四次。不和諧的噪音，在音樂教室內迴響。

我立刻翻身躲進清掃工具箱裡。但我立刻發現，要是被人看見，我也只是會讓人嚇一跳而已，倒楣的應該是矢野同學才對，於是我又走出來。

我讓影子到音樂教室四周察看，發現音樂教室的隔音不是假的，過了一會兒也沒有任何人來。

矢野同學並沒有驚慌的樣子，平靜地望著這邊。

「命運，就是這種感，覺？」

「剛剛那是，命運？」

我嚇了一跳，然後立刻嚴厲地瞪著她。

「要是被發現了，怎麼辦啊！」

「現在是晚，休時間所以沒關，係。」

她微笑著說道。

這是什麼蠢話啊，我心裡這麼想。但和像她這種根本講不通道理的人生氣，反而好像蠢的是自己，我嘆了一口氣。

「被人逮到也不要說我的名字喔。」

「一，定啦。」

什麼一定？我充滿了疑心，八隻眼睛骨碌碌地盯著矢野同學，她走向學生的座位，跟白天一樣我行我素的傢伙。

這裡的位子也跟在上普通課的教室裡一樣，矢野同學也照著坐下。

「阿達，同學，聽什麼音，樂呢？」

我用尾巴把鋼琴蓋闔上，以免矢野同學再去碰。她問了我像朋友一樣的問題。

「沒什麼特別的。」

「聽誰？」

她一直望著我，我也用跟平常一樣的答案回她。大家都會問名字，所以我就說了個不會太有名，雖然還算流行，卻不是每個人都會聽的藝術家。要是出了CD，總會上蔦屋書店排行榜的自己作詞作曲的歌手啦，或是班上會有幾個女生因為買不到演唱會的票而起鬨的樂團之類的。

矢野同學一面聽一面點頭。

「矢野同學呢？」

我出於禮貌回問她，我覺得她好像會聽些有個性的音樂，而我們都不會懂的那種。

但是，我錯了。

「我，啊。」

矢野同學很高興地說出一個樂團的名字，簡直像是介紹多年的秘密好友一樣，不是微笑，而是興奮地雙頰泛紅般地笑起來。第一次看見她這種表情。

我十分驚訝，矢野同學所說的，並不是什麼冷門樂團，估計全日本大部分的人都知道，事實上，我也從小學時代就知道了。跟朋友在一起的時候，要是認真地討論這個團體會覺得有點丟臉，而且現在還在聽的話好像也會被人取笑。老實說，就是太紅、太普通的那種樂團。

矢野同學把那些人當成好像只屬於自己的珍寶一樣，說非常喜歡他們。

「這樣啊。」

我隨意回應。

「阿達，同學也喜，歡嗎？」

她反問我。

「偶爾聽聽，還不錯啦。」

我沒有說，其實我也蠻常聽的。

矢野同學一個勁兒跟我說那個樂團的魅力，這首曲子的這個歌詞啦、這個部分啦、團裡的這個人啦，這些我全都知道。

當她在說哪一張專輯最好的時候，口袋裡突然傳出了鈴聲。這段時間的結束讓我鬆了一口氣，雖然理由跟昨天不一樣。

她拿出手機關掉鈴聲，站起來伸個懶腰。

「結，束了。回，去睡覺，吧。」

我一言不發地用尾巴開門，讓矢野同學先走出音樂教室，然後用跟在教室一樣的方式鎖上門。

「你可以先，走喔。」

在走廊上的黑點回到原來的型態時，她這麼對我說。

我不知道矢野同學要怎麼回去，也沒必要知道，我打算照著她的話離開校舍。

是不是該說再見呢？既然是因為交換條件才來的，太過友好似乎也很奇怪。話雖如此，完全不理會好像也不太好。我心裡這麼想著，矢野又微笑起來。

「明天也，會過來，嗎？」

「…………」

我並不打算來，卻沒有明說，因為矢野同學把選擇權交給了我。

我沒有回答她的問題，準備飛向夜空。

很可能再也不會跟她說話了，但我只想讓她知道一件事——

「抱歉，在上完體育課之後踢到妳。」

我背對著她，仔細用普通的腔調說道。

「白天的事情，不要在晚上道，歉啦。」

什麼啊，虧我還特地道歉的說。

果然夜晚，還是應該一個人度過的。

我覺得，霸凌是有原因的。

有確實的原因，才會開始霸凌。行動啊，待人處事這種細微之處，也都是原因之一。

當然，原因未必都在被霸凌的人身上，也可能在加害者跟毫無關係的人那裡。然而，一定都有原因。

話雖如此，原因有對的，也有不對的。本身是原因的那個人，也未必一定不對。

這麼說來，我們班上開始霸凌，原因完全在被霸凌的人身上，而且是她自己不對。

矢野皐月是自己陷入這種狀況的。

我認識矢野同學是上二年級的時候。

她遲鈍又不會察言觀色，聲音大且吵，說話方式也奇怪，男生跟一部分的女生暗地都覺得她很煩人，但那並不是霸凌的直接理由。每天也都還算平穩地渡過，也就是說，我們班上的同學都還算是有良知的正常人。

這種良知在二年級過了一半的時候，被矢野做的一件事完全破壞了。

當時矢野已經因為不懂禮貌而每天被大家嫌棄，那是矢野跟班上同學基本的距離。但是對她而言，只有一個人例外。

那天矢野不知道為什麼，真的並不知道理由，她走近平常不會接近的綠川雙葉的座位。我並不清楚她們兩人的關係，只不過我覺得她們應該並不要好。綠川要是沒人跟她說話，是不會主動開口的，而矢野不去跟她說話，很明顯是因為不知道該怎麼互動吧。

我一定是搞錯了。矢野對綠川的感覺應該是更加強烈的厭惡才對，搞不好是因為自己常常跟大家搭話，而綠川從不主動跟別人說話，大家卻比較喜歡她，所以厭惡也未可知。

不管怎樣，矢野突然走近窗邊綠川的座位，拿起她正在看的書，打開窗戶扔到外面去。那天下雨，我連座位次序都記得很清楚，坐在綠川後面的井口都呆住了。

對矢野而言，這算是挑錯對象。綠川平常喜怒不形於色，在班上是屬於安靜的那種成員，但那天她當場哭了起來，並不是責罵矢野，就只是哭。

後來才知道那本扔出去被雨淋濕的，是綠川非常寶貝的書。但是，對綠川而言那本書有多重要，也是後來才知道的。

不過，班上把矢野當壞人，開始討厭她的理由，並不是這樣。

是因為她笑了。

綠川哭的時候，她非但沒有道歉，還露出滿意的微笑。

從那天開始，綠川就不把家裡的書帶來，改去圖書室看書，而這更加刺激了大家的情緒。

我每次看到被霸凌的人，心裡總有個想法——真是太不高明啦，行為舉止。矢野就是其中的佼佼者。

要是能稍微識相一點，就不會被霸凌了。我一面這麼想，一面用眼角餘光看著今天也在擦桌子的矢野。第二天我就知道她的桌子怎麼了——好像是被人灑了粉筆灰。

「據說昨天怪物沒出現。」

笠井興味盎然地說道。我一面沿著走廊前進，一面用心地回應。

我心想，那當然啊，昨天我直接就到學校來，在那之後去了海邊。

我裝出對怪物話題有興趣的樣子，在走向理科教室的途中，對著笠井套話。

「有人拍照嗎？」

「聽說有吔。」

我穩住落了一拍的心臟。

「哎，好厲害啊。」我應道。

「但是好像沒有照到，所以我不相信啦。」

真希望他能就這樣失去興致。

原來如此，那個怪物的樣子不會被拍到啊。我想起平成狸合戰*1動畫電影裡出現的妖怪大作戰。

不管怎樣，這對我是有利的，不會留下記錄的話，我更加哪裡都可以去了。

來到理科教室，人好像很好的理科老師已經在寫黑板了。我跟先進去的笠井一樣，並沒有特別打招呼，就在自己的位子上坐下。

理科教室的位置跟普通教室的位置不一樣，大家按照學號順序，六個人坐一張長方形的桌子。我是A行，最接近門口的座位，替坐在後面一桌吵鬧的笠井他們當盾牌。

我並不討厭在理科教室上課，同一桌的其他五個人，都是不會惹麻煩的類型，多半算是我比較喜歡的同學。我這個被迫當的小組長只要照章行事，就能輕鬆上完課。

要是不光考慮自己的事，也稍微想想我們這一班的情況的話，就覺得按照學號安排座位的方式，還是應該改變一下比較好。

笠井大聲跟我說話，我正在回應他，他的視線突然從我身上轉向教室入口。我慢慢回過頭，明白是怎麼回事，然後繼續跟笠井說話。

綠川緩緩地走進教室，除了上課必須的東西之外，今天她也帶了一本圖書室的書。她走向窗邊後面倒數第二個桌子，元田已經趴在桌子上睡著了。綠川在元田的斜對面坐下，把教科書、筆記本和那本書翻開，她的脊樑今天也挺得筆直。

＊註1：《平成狸合戰》（平成狸合戦ぽんぽこ），為一九九四年由吉卜力工作室推出、高畑勳執導的動畫電影。

過了一會兒，鈴聲響了。

「開始上課。」

理科老師停止寫黑板，轉過身來帶著微笑說道。

「起立。」

班長同時發號施令。

簡直就像是看準了大家一起站起來的瞬間，理科教室的前門哐地響了一聲，然後門板喀啦喀啦地晃動。

這在我意料之中，也早有心理準備，所以沒被嚇到——在鈴響之前，最後進來的人沒有必要地上了鎖。

老師露出無可奈何的表情，叫最接近門口的女生去開門。那個女生滿臉不耐煩，心不甘情不願地過去把門打開。

門打開了，矢野眨著眼睛站在門口，她什麼也沒有說，很快地走到自己的座位。我看見她頭髮上有粉筆灰的顏色，但她自己好像沒注意到。

理科教室裡除了老師之外，大家都好像感覺到心中一冷。矢野啪搭啪搭地走到座位前站定，大家都面朝前方靜靜地等待。

「開始上課了。」

老師終於再度開口說道，大家也響亮地應答，這才中和了冰冷的氣氛。

我沒有望向矢野的方向，反正她一定還是跟平常一樣掛著微笑吧。她跟綠川一樣坐在後面。

因為矢野是加害者，有尷尬氣氛也是無可厚非的。

這是她自作自受。

另一方面，綠川又是如何呢？她從不表露出感情，所以可能也討厭這樣的座位安排，只不過不說而已。因此，班上的大家都擔心這一點，更增強了對矢野的敵意。

矢野之所以遲到，是因為二十分鐘的休息時間她不知在哪裡睡著了。

一到休息時間，她就會在比較安靜的地方睡覺。只有我知道她睡眠不足的理由。

但是就算知道，我也沒法替她說話。這才是自作自受。

好了夠了，不要再管矢野的事了。我這麼想著，接著以小組長的身份到前面拿大家的講義，其他的小組長也都拿了講義回去之後，矢野趴搭啪搭地走到前面來，我以為她沒拿到講義，結果她是忘了課本。

「可以回去拿嗎？」她問道。

「那太浪費時間了，今天妳跟旁邊的同學一起看吧。」

老師無可奈何地回應她。

矢野什麼也沒說，微笑著走回教室後方，而老師也不等她坐下就開始上課了。

我看著黑板，沒有回頭，因為不用回頭也知道會發生什麼事。不要看，比較好。

理科教室上課比在一般教室上課好的地方，就是上課的時候不會看見矢野。雖然無法不聽到後面傳來的聲音，但那是沒辦法的事。

坐在隔壁的女生在意那個聲音，偷偷地往後瞄。

「不要看了。」

井口可能聽見我的話才驚覺，急忙低頭看講義。井口不再進一步讓自己受傷，我鬆了一口氣。

矢野在我們班上的地位，是她本人和班上的同學一起構築的。當然，這當中也有並不積極對矢野表示惡意的人，其中領頭的就是井口。

她跟矢野看起來簡直像是小學的朋友一樣，井口總是面帶微笑，對誰都很和善，除了矢野之外。

井口好像想隱瞞，但我知道這是非常正確的判斷，也知道她總是很在意矢野被霸凌的樣子，擔心會不會太過火。

然而，她並不是站在矢野那邊，而是跟全班同學一起的。要是有人能指定位置的話，井口可能會比較輕鬆。不過，她無視矢野的時候，表情總是非常緊張。我每次看著她都會這麼想，卻又覺得自己真是多管閒事。

理科的課程正常的進行。在我看不見的地方發生的事情，我沒有必要知道。這是我身為班上的一員早就學到的道理。

話說回來，本來學校的生活就不可能發生什麼大事。器物毀損啦，受傷事件啦，就算有這種極端的情形，我們班上頂多只會發生矢野的私人物品弄髒或是弄濕之類的程度。她雖然常常受傷，但那並不是我們計畫的，是自己笨拙，都是意外。並沒有明顯可見的暴力行為，大家沒這麼笨。

所以理科課程結束之後發生的事情，並不算什麼大事。真的不算什麼，只是太不高明了。

回教室的路上，矢野走在我前面幾公尺的地方，我和她之間還有好幾個人。這種距離並不是偶然，而是為了避免矢野突然蹲下來被我踢到，所以我稍微放慢了腳步。計畫算是成功，這樣的距離感很令人安心。

也因此，我太大意了。

我正和男生們閒聊昨天的綜藝節目，矢野把手上扔著玩的東西往後一甩——那是個藍白黑三色的橡皮擦。我清楚地看見那個東西，很小聲地「啊」了一聲。

這是敗筆，我的聲音吸引了周圍的視線。

矢野今天沒有蹲下來，也沒有必要蹲下來。

我覺得一定是不由自主的。

是井口。她跟班上幾個女生走在矢野的正後方，好像反射動作一樣，不由自主地撿起了橡皮擦。

這可不行。我心裡這麼想，但沒說出來。

井口意識到自己撿起了橡皮擦，應該也吃了一驚吧。她和轉過身的矢野，面面相覷了幾秒。

無視是一種跟習慣一樣的行為，就算一開始有意識，一旦習慣之後就會自然把那傢伙當成不存在一般，身體會自動地不予理會。

但井口並沒有無視矢野的習慣，相反地，她一定平常就習慣看見有人掉東西就幫忙撿起來。她有著毫不躊躇幫人撿失物的溫柔個性，所以失手撿起了掉在眼前的橡皮擦。

井口望著矢野，就這樣僵住了，我們也不由得停下腳步。

「謝謝，啦。」

矢野像白癡一樣對井口伸出手，精力充沛地道謝，然後逕自從井口手中拿過橡皮擦，轉身繼續往前走。

我不知道井口臉上是什麼表情，只不過下個瞬間，我聽到她不知道對誰說：「不是的。」

矢野背後的女同學們，用簡直像是看到蟑螂一樣的目光，望著她們兩人。

走廊上瞬間一片沈寂，可能是為了讓井口辯解的一瞬間，但她什麼也沒有說，應該是說不出口吧。

接著魔法解除了，時間繼續流動，前面的女生們一面聊天一面走向教室，我們也跟著前進。

矢野毫不在乎地繼續扔著橡皮擦玩，井口則被大家拋下，呆站在當場。

沒問題嗎？我對井口的擔憂，很可惜並不是杞人憂天。

那天放學後，矢野跟平常一樣，並沒有特別對著什麼人，只說了：

「再，見啦——」便走出了教室。

井口馬上就被班上的女生團團圍住。她們聚集在教室後面，我聽不到講話的內容，只不過井口一面哭一面持續否認。

太不高明了。我一面準備回家，一面想著。

井口，真的太不高明了，而我不會做介入女生之間這種蠢事。

「小井口，怎麼了嗎？」

我跟笠井他們一起走出教室，來到走廊上，經過一間教室之後，笠井歪著頭問道。

對了，那個時候笠井不在。

「井口不小心撿了矢野掉下來的東西。」

我盡量用錯不在井口的方式告訴他。

「她竟然碰了那種東西啊。」

其他人聽到也笑著說。笠井撇了撇嘴。

「哎——有這種事啊。」

笠井的不悅並不是針對井口的行為，而是因為聽到了矢野的名字。

走到鞋櫃那裡的時候，笠井好像突然想起了什麼。

「對了，要不要去看一下棒球隊的社團活動室？」

「棒球隊？為什麼？」

我直率地問道。

「咦，阿達沒聽說嗎？」

笠井說完自顧自地笑起來。

「他們社團活動室的窗子不知道怎麼破了。昨天晚上。」

「晚上？」

「嗯，大概是有人惡作劇丟石頭吧。」

晚上、惡作劇、棒球隊活動室的窗子……。哎，不會吧。

「怎，怎麼啦？這表情，難道犯人是阿達？」

笠井的笑容讓我一驚，我立刻做出有點不高興的樣子。

「我幹嘛做這種事啊！只是覺得笨蛋還真不少。」

沒錯，我渾身充滿了不好的預感，我覺得我知道那個笨蛋犯人是誰。

昨天晚上我到教室的時候，那個傢伙不在。

那時她真的是去埋葬可憐的青蛙嗎？難道是為了報仇而幹了那種蠢

事？我心中忐忑不安，但其實我根本沒必要忐忑的。

我們換上運動鞋，走向棒球隊的社團活動室。

棒球隊的社團活動室在各種運動社團一起使用的操場末端，跟足球隊和橄欖球隊的活動室在一起。遠遠望去像是一間大房間，走近一看，窗戶上貼著平常沒有的瓦楞紙。

這時候隔壁班的棒球隊隊員剛好走出來，笠井好像認識他，跟他打了招呼，他說那是早上指導老師貼上的。

我們本來也沒抱著什麼期待，但還是很喪氣地回去了。一路上跟擦身而過的同學們打招呼：「辛苦啦——」、「掰掰——」、「嗯」他們也都一一回應。

經過樓梯口的時候，我們看見一個垂著眼瞼走出來的嬌小女生。意氣消沈，這個詞非常適合形容她。我滿介意附近女生們的視線，正當不知該怎麼跟她打招呼的時候，笠井已經向她揮起手。

「小井口，辛苦啦——」

井口聽到笠井精神飽滿的聲音抬起頭。

「辛苦了——」

她無力地微笑回應。看起來她似乎比較辛苦，微弱的苦笑看起來很悲痛。

「再見啦——」

笠井果然還是很厲害，他若無其事地說道。井口的微笑比剛才稍微加深了一點。

跟井口道別之後，我開始有點擔心笠井。

「剛才的事，不要變得很麻煩就好了。」

「小井口又不是她的朋友。」

笠井笑著說。

我覺得自己要是能跟笠井一樣就好了，然而我卻什麼也沒有做。

雖然知道這是自己任性的認知，但我還是對矢野同學感到不爽。那個時候她要是不扔橡皮擦玩的話，井口同學就不會被責怪了。

話雖如此，我去學校並不是單純要責備矢野同學，還有另外一件讓我在意的事——就是棒球社團活動室。要是玻璃是她打破的話，那問題就比較嚴重了，這是犯罪呢。

到達學校之後，我從後門的縫隙間進入教室，矢野同學正在翻黑板旁邊的垃圾桶。我不知道女生在翻垃圾桶的時候要怎麼跟她們搭話，只好等待她注意到我。

過了一會兒之後，矢野同學兩手拿著某種薄薄的東西，終於注意到教室後方的怪物。

「嘿。」

她蠢蠢地叫了一聲。

「喲。」

「怎麼你，來，了啊。」

聽見我的招呼，矢野同學搖晃著手上像是筆記本的東西。

要是她能跟平常一樣掛著微笑，那也不枉我來這一趟，但這種好像我來不來都無所謂的態度讓我厭煩。不是，我並沒期待她笑臉相迎啦。

「阿達，同學，火焰派？火、珠派？」

真是夠了，我還是回去吧。正想要轉身的時候，她又問了奇怪的問題。火焰，火珠，遊戲嗎？

「炎系魔法嗎？……吼吼燒派[*2]。」

「那是什、麼？」

*註2：吼吼燒（Incendio），出現於哈利波特第四集，可以使施咒者的魔杖頂端射出火焰。

「哈利波特。」

「哎，那你，可，以嗎？」

「啥？」

「能噴、火嗎？」

「不能。」

矢野聽到我否認，露出遺憾的樣子。

什麼啊，那種表情，我才遺憾呢。我雖然這麼覺得，但仔細想想矢野同學表情的含意，心裡也有了底。

笠井提過的謠言——有怪物出現。矢野同學應該也聽說了，知道講的是我，所以可能以為怪物會噴火吧。

「噴火要幹什麼啊。」

「把這個燒，掉。總，之去屋，頂吧。」

矢野同學還是一樣，不等我回答就走出教室。沒辦法，我只好用同樣方式鎖上門，然後跟上去。我真是老實啊，連自己都很感動。

來到走廊上，先行出去的同學並沒有等我，反而自顧自朝著樓梯的方向走去，我乖乖地跟上去。這已經不是老實，根本就是爛好人。

為了保險起見，我讓影子先行偵察，讓我們平安無事抵達屋頂。

打開屋頂的門鎖，清爽的風拂過全身。前天也來過，在深夜的屋頂上，夜空好像能將我們吞噬一樣，讓人覺得很舒服。

「抽菸不，好喔。」

矢野同學指著角落的菸蒂說道。

「只要不被發現就好。」

「但是對身，體不好，吧。」

確實如此，矢野同學能說出這麼有常識的話，讓我感到意外。會抽菸的，一定是那些率先霸凌妳的傢伙吧，但這種沒必要的話我就不說了。

「那就噴，火吧。」

「不是說了沒辦法了嗎！」

「試、試看？」

她這麼問道。

試什麼試，我連想都沒想過。

「就試一，次看，看。啊，我也沒試，過就試試看，呀——」

矢野同學把兩本筆記本放在地上，伸出手施力，一面震動手腕，一面

「呀——」、「呀——」地叫著，半途不知為何好像開始憋氣。我心想，

這是在幹什麼蠢事啊。

過了一會兒，她好像終於知道自己沒辦法。

「不，不、行，」

她嘴裡喃喃唸著，然後跌坐在當場，認真地喘著氣，肩膀上下震動。

「好接，著輪到阿達，同學了。」

「哎——」

我避開她期待的眼神，望著地上的筆記本，兩本上面都有簽字筆的塗鴉。定睛看去，上面寫的並不是笨蛋、白癡之類的普通壞話，而是充滿著惡意。

不只是矢野同學，任何人被這樣針對都會深深受傷的。

「要是能噴火，要把這個燒掉嗎？」

「可以，喔。兩本都，已經用完，了，就放著而，已。」

就算這樣，難道不是可能還會用到嗎？

「我扔，了一次，但還是燒，掉的好。」

這樣啊，是她自己扔到垃圾桶裡，不是被人扔掉的。

筆記本是什麼時候被人亂塗的呢？難道有這麼好心，特地選了已經用完的筆記本嗎？不會吧。

「快，點。」

當我想著這些有的沒的時，她催促著我。

矢野同學好像真的相信我有這種力量，她開始往後退。筆記本遭到這種對待還蠻可憐的，要是能火葬的話，也值得一試啦。

既然能製造影子分身，搞不好也能噴火，要說我自己沒有期待是騙人的。

我跟昨天一樣，試著在心裡想像。噴火的時候，必須全身震動使力才行，這樣黑點就會在怪物的內部像引擎一樣運轉發熱，最後摩擦生火，聚集成巨大的火焰，從嘴裡噴出來。

眼前突然強光一閃。

「呀——，好，燙！」

從嘴裡噴出的火焰比我想像中還要巨大，差點就燒到矢野同學的制服，我慌忙想像把火焰吸回去的樣子，於是火在差一點就要危害到矢野同學之前，回到了我的體內。

屋頂上再度被跟月光抗衡的黑暗給籠罩，在那裡有兩本焦黑的筆記本。我們面面相覷。

「哇——，哇——好厲，害喔！」

矢野同學從角落望向這裡，我的八個眼睛也不由得望著她。

「真的假的……」

沒想到竟然能辦得到，我雖然也抱著一點期待，但並不是真的相信能做到。

果然是怪物。

既然能噴火，那一個不小心，很可能就跟真正的怪獸一樣，可以毀滅整個城市。

我體內還存留著火焰的感覺，心情也很高昂。

「阿達，好厲，害，怎麼辦，到的？」

怎麼辦到的呢？

「就想像大概是這樣，然後就成功了。」

我望著小心翼翼地走近的矢野同學的眼睛，試著說明。她警戒地望著怪物。

「想像力什，麼都辦得，到啊。」

「想像力……」

有這種事嗎？簡直就像是魔法師一樣的力量。

矢野同學用力踩著燒焦的筆記本，黑色的粉末四散紛飛，看起來是完全燒成灰燼了。

矢野同學把灰燼踩散得差不多之後，後退一步，再度凝視著我。我想她應該不是害怕我這個會噴火的怪物吧。

但總覺得矢野同學的眼神明顯跟剛才不同了，眼裡充滿了羨慕跟渴望。

對怪物的憧憬。矢野同學果然是怪人。

她說，什麼都辦得到。哪有這種可能，但要是辦得到的話……

這個想法，讓我有點害怕。

害怕什麼啊？

「……阿達，同學啊。」

難道她因為覺得我什麼都辦得到，想要我幫她嗎？我怕的是這個。

「對了，矢野同學知道棒球隊社團的事嗎？」

我打斷她的話，提起我來學校真正的目的。

「嗯？什，麼？」

「社團活動室的窗戶被打破了。」

「啊，有人說，過——」

「對，那個，」

都說到這個份上了，矢野同學只嘿嘿地笑著，一面用腳踩散黑色的灰燼。

搞什麼啊，難道她發瘋了嗎？正當我暗忖時，矢野同學用手指著我。

「你覺，得我是犯，人——」

分明被看穿了，就是因為被看穿了，所以嚇了一跳。

「沒有——，嗯，是啦，我想或許啦。」

「我才不，會做那種，事呢。」

矢野同學今天第一次露出了慣常的笑臉。

「為自己報，仇，那就等於跟對方一，樣了。」

跟對方一樣了——也就是跟元田一樣了。等於跟對方一樣，意思就是矢野同學覺得那樣是不對的。

「那不是為自己，是為了青蛙呢？」

「不，會。我不知道牠，是怎，麼想的，我不會做那種蠢事。」

我說不出話來，雖然這有很多理由，但其中最令我吃驚的是，矢野同學的行動都是有仔細考慮過。

既然如此，為什麼平常的行動不再多想想呢？

同時，我也覺得筆記本上的那些毀謗中傷，其實不太對。當然啦，我完全沒有肯定矢野同學的意思。

「啊——還是在懷，疑我啊。」

「不是啦，其實，沒有。」

矢野同學露出不是微笑，而是好像有所企圖的笑容。

「那麼，就抓，到真，兇吧。」

「……嗯？」

真兇？這個詞，我第一次在推理漫畫之外聽到。

「阿達，同學是柯南派還是金田，一派？」

「魔人偵探腦噛涅羅[3]。沒有啦，我已經不懷疑妳了，是因為妳說要找真兇這種沒意義的事情。」

「我喜歡彌，子[3]。」

＊註3：《魔人偵探腦噛涅羅》，是由日本漫畫家松井優征所創作的推理漫畫作品。主角是魔界的變種生物腦噛涅羅，專門吃「謎」為生；彌子為女主角。

「這樣啊。」

原來她看JUMP少年漫畫啊。我跟奇怪的矢野同學竟然有共同點，讓我很吃驚。

「為什麼不要，找？」

「反正，不知道是那個笨蛋，隨便扔石頭吧。」

「這樣啊破掉的，是沿街的窗戶啊。」

這麼一說，我才發現自己說話沒經過大腦。

對了，破掉的窗戶是面對操場那邊的。我分明去看過了，竟然腦筋比矢野同學還不清楚，真是丟臉。

「總之先，去現場看，看。」

對幹勁滿滿的矢野同學嘆氣可能也沒用，但我還是嘆了一口氣。

「深呼，吸很重，要喔。」她說。

真是夠了。

「去操場會被人發現吧？」

「現在是晚休，時間，所以不要，緊。有牆壁擋著外面看不進來，沿著牆走，就好了。阿達，同學可以用晚上，做掩護。」

「……哎，我也要去嗎？」

「對了明，天好像會下，雨呢。」

還是一樣不聽別人說話。

既然矢野同學不理我，那我不理她應該也沒關係，然而，我覺得好像有人責怪我連這也辦不到。真是個爛好人。

明天會下雨，這樣的話，矢野同學應該不會來學校吧。我一面想著，一面製造出影子分身，開始從屋頂上往下走。今天是最後一天了，就順著她好了。

途中我叫矢野同學走路不要啪啦啪啦地響，她微微笑起來，脫掉鞋子用手套著，然後開始拍打，我叫她不要這樣。小學生啊。

從哪裡出去比較安全呢？我思索了一下，再度想起之前的疑問。

「妳是怎麼進入校舍的啊？」

「從大門，進來，然後爬樓梯，啊。」

「不是說平常上學的時候啦。」

我已經說明了，矢野同學卻好像沒聽見似地逕自走在我前面。我在下樓梯之前特地讓影子確認樓下沒有人在，幸好到一樓都沒有碰到警衛。

接下來要怎麼辦呢？與警衛室之間有個相連走廊的另一棟大樓，那裡是老師們的出入口，訪客也必須經過那裡才能進入校園。但不是面對操場或校舍的出入口，或許沒問題。

我正想著就走到了門口。矢野同學跟光腳的我不一樣，得在鞋櫃處換上運動鞋，但她翻鞋箱的聲音讓我提心吊膽。換好了鞋子，她走到關著的門前面。

門沒上鎖嗎？矢野同學跟關著的門都無視我的疑問。

也就是說，門被她打開了。但為什麼呢？

「走，吧。」

「為什麼門沒鎖？」

「來，的時候就開，著了。」

「哪有這種事。」

完全不理會我吐槽的笨蛋趴搭趴搭地走向操場，雖然離警衛室很遠，但如果出來巡邏的話，很可能會被看見。我如此提醒。

「煩，死了。」

她說著彎下腰，沿著校舍的牆壁往前走。

我心想，要不要用黑點把這傢伙的嘴塞住啊，但想想還是算了，搞不好會讓她窒息。而且我變成怪物的時候沒有直接碰過人類，不知道會發生什麼事。黑點要是跟吞噬我一樣把她也吞了，那我就真的不知道該怎麼辦了。

我們沿著校舍的牆壁前進，從體育館的後面接近社團活動室。我透過沿著混凝土矮牆叢生的樹叢望向打破的窗戶，窗戶當然還沒有修好，仍舊貼著瓦楞紙。

「有點遠，看不，清楚呢。」

「就算走近也已經整理過了，什麼都沒有啦。」

「犯人都會回，到現，場的。」

「就算會來，也不是現在吧。」

「你喜歡哈，利・波特嗎？」

矢野同學可能覺得對話的主題是這個沒錯，自信滿滿地靠著混凝土牆。我忍著想抓腦袋的衝動，放棄掙扎坐了下來。

「因為很流行，所以我爸媽買回來放在家裡的。」

「哎，不是電影院電，影派，是DVD派啊。」

「……………是書本派。」

本來想一想就明白這種事就算被人知道也無所謂的，但我還是躊躇了一下才回答。

因為我沒有想過，要是班上同學問我在看什麼書的話要怎麼回答，所以沒有事先準備好的答案。

「哎——」

矢野同學驚訝地大聲叫了起來。

「安靜一點……」

「看那麼，厚的書，好厲害。你喜歡書啊。」

「我也沒看多少啦。」

但是哈利波特看起來很順、很有趣，就一口氣看完了。但我知道要是光熱心地說著自己的興趣會讓對方困擾，所以我沒補充說明。

「我不想看，書啊。」

我覺得眼前這傢伙並不像會看書的類型，矢野同學就自己坦白了。

不，用「坦白」這個詞，好像就跟她一起玩偵探遊戲一樣。我修正，是她主動跟我說明。

「要看，的話電影比較，好。書本字好，多，看得好，累。而且還需要時，間，雖然有人可以很，快看完，但漫畫還是看得，比較快，也比較好，看。」

「……好看的小說也很容易閱讀喔。」

我不由得說出了好像反駁她的話，心想糟了。

「這，樣啊。」

矢野同學只搖著頭說道。

……我所說出的話讓自己動搖了，第一次慶幸這裡只有她在，我仰賴著自己夜晚變成怪物的事實。要是白天的話，我不會跟別人的意見相衝突，也能繼續聊天，現在一個不小心就說出了自己的嗜好。

「一直都在看，字好像會變，笨啦——」

矢野同學像在唱歌一樣，對著天空拋出這句話。

我以為她這句話可能是針對班上某個同學說的。這麼想來，矢野同學說的晚休時間、和偷偷跑到學校來這件事，可能都跟那個人有關係嘍。

綠川雙葉。矢野同學在那件事之後，對她有什麼想法呢？介意這種事是不行的，不能介入不打算解決的問題，所以我還是沒開口問。

我們一直待到矢野同學手機的鈴聲響起，真兇果然還是沒有出現，而且要矢野同學快把讓鈴聲停止，但是她卻不予理會。

「被人發現我可不管喔。」

「煩死，了。有警衛在沒，關係的。」

就是因為警衛在所以有關係啊，更別提可能有值班的老師在，要是被老師發現的話，會比被警衛發現更糟吧。

但我已經明白跟矢野同學說這些，她也不會聽的，我好心地一言不發，這傢伙竟然——

「神經，質。神經，質——」

這種取笑似的說法讓我很不爽，所以一面沿著牆壁走向出入口，一面說了一直忍著沒說的牢騷。

「矢野同學太粗線條了。白天的時候，井口同學都替妳撿了橡皮擦，妳竟然就那樣搶過去。」

「不要講白，天的事。」

她連看都不看這邊一眼，就這樣回了我一句。

我身上的黑點在矢野同學背後像貓豎起背毛一樣，不悅地膨脹騷動起來。再過一會兒，這種騷動搞不好會變成糟糕的東西也說不定。

矢野同學這時開口說了話，這才阻止了我身體的騷動。我是傾聽人話的怪物。

「小井口是，好孩子喔。」

「…………」

說什麼啊，我心想。這誰不知道啊，同時我也這麼想。

在那之後我們什麼話也沒說，默默地走到校門口，不知怎地校門是開著的。我們簡單地互相道別，各自離開了現場。

我越上空中朝海邊前進，看見矢野同學在底下跨上停在校門口附近的自行車。

這麼晚了她一個人沒問題嗎？我心裡這麼想著。但她臉上掛著微笑，也就不再管她了。

我的不爽，不知何時已經不知去向。

矢野被霸凌，跟我們班上的同儕意識有很大的關係。

第二天，就跟矢野說的一樣，從早上就開始下雨。

下雨的日子，我撐傘走去學校，本來是想跟平常一樣騎自行車的，但一面騎車一面撐傘，給老師看到了會被罵覺得很麻煩。而且沒有人穿雨衣是因為太遜了，穿了會被嫌棄。

走路上學很花時間，我不需要睡眠，可以一大早就起來，吃了早餐再慢慢去學校就好。今天早上比之前更覺得肚子餓，吃了四片土司麵包。這跟噴火有關係嗎？

我一面聽著都是流行歌曲的音樂播放器一面往前走，很順利地到了學校。

下雨的日子會有家長開車送小孩來上學，也有人跟我一樣走路來，在遲到前一刻趕來的人也比平常多。

我比預料中早到，校舍入口沒什麼人。在外面收起傘，甩掉水滴，走進校舍。

渾身濕透的矢野站在那裡，出乎意料的相遇一定讓我臉色大變。

「早、安。」

矢野一邊用手擰著裙子，一邊對我微笑著說道。

她明知是白費功夫，卻總是會跟同學打招呼。

而我明知如此，還是不由得一瞬間停了下來，只能說幸好沒有其他班上同學在場。

「傘被、拿，走了。」

我從眼角瞥見矢野雖然被我視若無睹，不知怎地還是露出微笑。我心想，這傢伙果然很奇怪。

就在此時，背後傳來一個聲音——

「早安，矢野同學。保健室有毛巾，妳跟我來吧。」

原來是能登。我心中暗暗感謝她，這樣我不想跟矢野扯上關係的希望，以及想幫渾身濕透的矢野的希望都一次實現了。萬歲萬歲萬萬歲。

走進教室，果然一半以上的人都還沒來，先來的只有大嗓門的高尾他們幾個男生，以及昨天責備井口的中川女生集團，她們正愉快地聊著如何把同學的傘弄壞。我假裝沒聽見，把傘插進傘架裡，書包則塞進置物櫃。

坐在桌前不動的話，會有人以為你身體不舒服之類的，於是我跟隔壁的工藤聊起昨天晚上的日劇。那是有點扭曲的常見戀愛劇，因為很流行，所以我從第二集開始看。老實說，到現在也看不出好在哪裡，然而大家的感想不一樣，如果交情好的女性朋友露出虎牙讚不絕口的話，反對也沒有意義。

過了一會兒笠井來了，跟所有人打招呼，我也舉起手。

高尾好像看準了笠井拿著書包走過來要放進置物櫃的時機，意氣昂然地宣告自己執行的天罰，而我也順勢說了。

「那傢伙渾身濕透站在校舍入口喔。」

我的話讓大家都笑起來。

很好。說起來有點不可思議，我覺得雨天大家的興致好像都比較高昂，可能是因為關著窗戶不讓雨飄進來，教室就有種秘密基地的感覺，讓大家都團結起來也未可知。

我們班是很少惹麻煩的好班，曾經聽老師們這麼說過，當然這是在對矢野的事情視而不見的情況下。但老師們會這麼說也不是不能理解，雖然有元田那種會輕微違反校規的傢伙，但不會有暴力事件或是搞到上警察局的問題，是很容易管教的班級吧。

同儕意識——這是把矢野一個人當壞人而萌生的。這個班上需要有大家應該要好相處的正當名目，所以我們是個好班級。

「要是能讓綠川看見就好了。」

高尾說道。

「是啊。」

我也笑著回道。

當然我沒打算說矢野是犧牲者。因為現在這種情況是矢野自己造成的；這道霸凌的洪流，是她先開始的；矢野挑釁的對象是綠川，只能說是她太蠢了。

其實挑釁綠川之所以糟糕，並不只是因為大家都喜歡綠川。

「早安！」

笠井突然滿面笑容轉向教室後方打招呼，綠川剛好走進教室。

她跟平常一樣「嗯」了一聲，我們為了要回應她這一聲，更加此起彼落地打招呼。我不知道她是怎麼決定要點幾次頭或是什麼時機點頭，但她只又「嗯」了一聲，便走向自己座位。

只有笠井一人單獨獲得了一聲「嗯」，他應該不想被我們看見吧，但還是笑得比剛才更加起勁。他臉上露出跟對我們笑時不一樣的笑容，太明顯了啦，大家都知道。

笠井很明顯是這個班上的核心人物，在團結大家對矢野產生敵意的，就是笠井。

然而事實上，笠井並沒有對矢野做什麼，而他們兩個的關係，是笠井是班上最生矢野氣的人，只是這樣而已。

大家都知道只是這樣而已，但對矢野來說，就是悲劇。

同儕意識。

「早，安。」

我從眼角瞥見矢野走進來，穿著大概是從保健室借來的稍大紅色運動服，她微笑著打招呼，當然沒有任何人理她。

相反地，這麼說可能很奇怪就是了，高尾則好像聽見了一樣咋舌。

矢野仍舊掛著笑臉，把書包放在桌子上然後坐下。突然間她發出「唉喲」一聲，又站了起來，紅色運動服臀部的部分濕了。是我進來之前不知道誰幹的吧。

「哎——」

矢野叫了出來，並用借來的運動服袖子擦拭座椅，然後再度坐下。

這不是高尾他們幹的吧，要是這樣的話，剛才提到傘的時候他應該就會說了，所以做這事情的另有其人。

我們班上除了一個人之外，大家無論白天或夜晚都是人類，不可能跟機器一樣，思考和行動都如出一轍。

對待矢野的態度各人不同，但大致可以歸納為三種——

第一種是直接做出惡意舉動，並且得意洋洋的人。像是元田跟高尾，以及昨天責備井口的那些女生，就是屬於這一類。

第二種是雖然有明確的敵意，但基本上很克制，只有在矢野接近時才表現出來，只做些普通的惡作劇。隔壁的工藤就是這樣，可能大多數人都是屬於這一類。

第三種是雖然覺得矢野有不對的地方，但並不採取任何行動，只是無視她的存在。井口、笠井跟我都是這一類，算是人數最少的稀有類型。

除了矢野跟綠川之外，班上的大家多半都可以歸納為這三種類型吧。而弄濕矢野椅子的，大概是第一或者第二類的某個人。然而，第二類因為不像元田跟高尾那樣明顯露出惡意，對矢野來說，反而是最棘手的也說不定。

沒有人質疑這是誰幹的，雖然採取的行動不同，但大家應該都覺得班上的意志是一致的，只要自己不出來承認，大家都有不去尋找犯人的共識。

這麼說來，我想起一年級的時候有個老師說過，打朋友小報告是比霸凌還糟糕的行為。至於這句話正確與否，就要看各人了。

接近上課鈴響時間，大家紛紛就坐，教室裡果然比平常嘈雜了一些。我望向還沒人的座位，這才發現井口沒有來。

這很稀奇，井口總是早早就來學校，跟要好的同學低聲聊天，之前下雨的日子，我還看到有人開車送她來學校，但今天也太遲了吧。

我一面跟工藤聊要報考哪所高中，一面開始擔心井口。她是介意昨天發生的事嗎？

上課鈴聲終於響了。在鈴響之前，結束晨練趕進來的元田和從圖書館借書回來的綠川，在自己的座位上坐下的同時，導師走了進來，班長喊出口令。

曠課。這兩個字在我腦中浮現的當下，井口從前門走了進來。

「對不起。」

她一邊小聲地說，一邊在我前面第三個位子上站定，跟大家一起行禮。

我看著井口繫在書包上搖搖晃晃的龍貓鑰匙圈，鬆了一口氣，也明白了這是怎麼回事。

她是挑準了這個時間進來的，可能是害怕像昨天那樣被圍攻吧。

「值日生，安達跟井口。」

行禮坐下之後，我才剛想喘口氣，就被人點了名。

對了，今天我是值日生。我們班上第一堂課要換教室的話，值日生要在這個時候負責拿到教室的鑰匙。

今天第一堂是音樂課，我站起來對前面要從書包裡拿出課本的井口說：「沒關係、沒關係。」接著拿過鑰匙。我說了兩次，以免讓人覺得我在耍帥。

井口轉過頭，無言地說：「謝謝。」我回她一笑。她急忙開始準備，而我也若無其事地走過她旁邊。就在此時——

井口好像癲癇發作一樣，哐噹一聲撞了桌子，教室裡的空氣好像一瞬間凍結了。

「不要突然嚇人啊——」

笠井誇張地說道。而這件事就這樣遮掩過去了。

但我覺得大概只有我一個人注意到，井口的書桌突然被抬起來然後落下發出聲響，是因為她猛然掀開了桌子。

我拿著鑰匙走回最後面自己的座位，覺得心臟怦怦跳動。

那是什麼啊？

我看見了！

井口要把書桌抽屜裡的筆記本拿出來時，看見了筆記本的封面，突然改變主意想藏起來卻撞上了桌子。

我並沒有，看錯。

就跟昨天燒掉的矢野的筆記本一樣，井口的筆記本封面，被黑色馬克筆寫了各種不堪入目的話。

同儕，意識。

班會結束，我走出教室，心臟仍舊跳個不停。

「阿達，怎麼啦？肚子痛嗎？」

我一整天都打算隱瞞早上受到的驚嚇，然而掃除時間卻讓笠井擔心了。

「當值日生很累啊，為什麼我當值日生的日子就要上音樂跟體育課啊？」

為了不讓他起疑，我帶著疲累的表情抱怨道。

在那之後，井口一直都很消沈，即便如此，似乎也沒有任何人關心。在井口的筆記本上塗鴉的，十之八九是昨天逼問她的那些人其中之一，她們本來也就一直避著井口，其他人應該是知道昨天井口被她們責備，所以不介意她消沈的樣子。

也就是，大家都這麼想，所以沒有任何人安慰她。

既然幫了矢野，那多少被制裁也是沒辦法的事——這話是我說的。

雖然我很在意，卻也沒有跟井口說話。

制裁，殺雞儆猴。我不知道班上的人各自如何解釋，但我必須避免被認為站在幫助矢野的井口那一邊，所以這是沒辦法的事。

第五、第六堂課結束，放學之前的班會。

今天除了沒人理矢野、井口被欺侮之外並沒有其他的問題。於是導師說了下週的聯絡事項，並且一如往常激勵大家說：「你們是應考生喔！」班會就結束了。

明天不用上學，光是這麼想就覺得輕鬆了不少。

行禮之後，有社團活動的傢伙跟放學後約好要出去玩的人，早早就離開了教室。

放學後的教室，平常總會有幾個人留下來，或是聊天或是偷偷吃零食。然而，今天不知是幸還是不幸，一向都很空閒的笠井他們也都到食堂去了，其他同學也紛紛離開教室，不一會兒，教室裡就只剩下值日的我跟井口兩人。

平常跟井口要好的同學們，也怕被捲入什麼是非，早早離開了。他們的判斷很正確，我也覺得不能觸碰井口的痛處，良心在這裡一點用也沒有。

我們倆認真地做事，但要是一直保持沈默也很尷尬，我想出一個完全無所謂的話題來打發時間。

「好像出現了怪物喔。」

井口之所以露出吃驚的樣子，是因為我嘴裡說出怪物這種胡說八道，還是因為我主動跟她說話呢？

她沒有回話，但是直直的望向我這邊，我轉開視線繼續說下去。

「最近很多人都這麼說，晚上看向窗外，有一個黑色的大怪物在街上走，但是照相卻照不出來。」

我以為她多少會有些反應，但卻什麼也沒有說。於是我偷瞄了她一眼，立刻就後悔了，她露出了苦笑。

「謝、謝。」

那跟矢野奇怪的斷句不一樣，而是哽咽的說話方式。

我不知道她謝我什麼？

「謝什麼啊？」

「你是想替我打氣，所以才開這種玩笑吧。不過，我有點意外就是了。啊，不是安達同學替我打氣，而是安達同學會說怪物這種孩子氣的話。」

井口仍舊好像很難受似的微微一笑。

我心想，糟了。

之所以能接受怪物這個天方夜譚般的前提，是因為那就是我自己。笠井也說了不相信，只是男生之間開玩笑的閒聊罷了。

井口好像完全沒聽說過怪物出沒的謠言，我在這個節骨眼上跟她說這些，她會這麼想也是理所當然的。

「那被你看到了啊。」

井口帶著笑容，用震顫的聲音說道。我的心臟跟早上一樣怦怦亂跳。

「……妳不要介意比較好。」

這建議毫無意義，我自己都這麼覺得，要是能說不介意就不介意的話，大家每天就可以輕鬆過日子了。就是因為不能，所以才像現在這樣。

「我想馬上就會停止了啦。」

即便如此，我還是只能繼續說下去。

沈默以及之後在井口心裡擴散的東西，都讓我害怕，兩者我都沒有承受的意思。

「嗯，但是，這沒辦法。」

沒辦法。班上的大家對井口消沈的樣子，一定也抱著同樣的想法。沒辦法，沒辦法。自己偶然撿起了那個矢野掉的橡皮擦所以沒辦法；這破壞了班上的同儕意識所以沒辦法；被責備、被塗鴉，都沒辦法。各種沒辦法的事，並不是不介意，只是假裝沒看見。

我自己分明也覺得沒辦法的。但井口在心中怎樣解釋這次事件的打算，表現得彷彿像是有誰在看一樣，讓人感到悲哀。

然而，我自顧自的感傷完全搞錯了。

「這是沒辦法的，因為我也，」

井口的嘆息比平常要深。

「對矢野同學做了同樣的事。」

「……妳是說不理她？」

井口搖頭，然後她跟我說了昨天下課，我們都離開教室以後所發生的事情。

井口被她們逼問，並被指責裝好人，她想解釋事情並非如此，卻被罵得更厲害。然後，她們為了讓井口證明認同矢野不是班上的一員，要她在矢野的筆記本上用各種惡言塗鴉，她無法拒絕。所以別人對自己做出同樣的事，也是沒辦法的。

我默默聽著，甚麼話也說不出來。

井口好像不認為這是矢野發現犯人是誰而實行的報復，因為井口跟我說的時候，就像是因為無法對當事人道歉，而跟我表示她的歉意一樣。

平常不能表現出對矢野的關心，但是這裡只有我跟井口兩人，她就無法遏制了。

雖然聽了她訴說，卻並不覺得該安慰她。因為我一面聽她說，一面想著無法融入班上的其實是井口。

井口說到最後，可能因為這裡只有我在而鬆懈了吧，要不就是自暴自棄說出了在這間教室裡不能說的話。

「大家分明都對矢野同學做出那麼過份的事，還真是奇怪啊。」

我不置可否，結束了跟井口的對話，繼續做值日生的工作。

我並不是不理她，而是沒辦法。

要是能決定是哪一邊就好了……

我試著入侵晚上的百貨公司，因為我想起小時候曾經想在關門後的百貨公司裡探險。能以這種型態實現夢想，真是作夢也沒想到。

反正不會留下紀錄，我就大方地在漆黑的店裡走來走去。話雖如此，我得把體型縮小到大型犬般的大小，要是讓巡邏的警衛昏倒就不好了。緊急出口的綠色燈光看起來很嚇人。我心裡這麼想著，然而我的樣子可能會嚇到緊急燈光。

我從頂上樓層開始慢慢往下逛，只不過這裡跟白天並沒有什麼不一樣。想來也是理所當然的，遊樂園裡好像有晚上必須進行的工作，但這裡並沒有工作人員，除了在樓梯上看到手電筒的燈光之外，並沒有什麼特別令人緊張的事。

夢想可能還是不要實現比較美麗也說不定。

差不多可以離開了。變成怪物的我不需要躲雨，接著要去哪呢？要是認真縱身一躍，能到鄰近的外國嗎？首先，挑戰國內旅行，然後再慢慢擴大範圍吧。

腦中浮現各式各樣的景色，在好像連光線和時間都停止了的緊張空間中行走。

我應該是從三樓走到二樓了，當在那裡漫不經心地望著商品時，突然停下腳步。不知道是不是因為下雨，還是快要進入梅雨季節，或是本來就是這樣，商場擺放著大量女性用的傘。夜間視力絕佳的我，在黑暗中也看得見各種鮮豔的色彩。

我望著各種顏色的傘，真的對自己心中想到的事情感到迷惘。也因為迷惘，所以下的決定並非出於善意，一定只是想要一個契機而已。

決定開始行動。我奔上屋頂，沿著建築物的屋簷前進，先回自己家，家中自然一片沈寂。我用尾巴從傘架上拿了一把傘，上二樓開窗，再度飛到屋外。不能冒險被人看到我從家裡出來，所以照例快速飛到遠方，確認降落地點沒有任何障礙之後才變大。

反正不會被拍到，也不會留下記錄，完全可以不用客氣地像怪物一樣行動。

當自己是怪物後，行動非常便輕鬆，井口是這麼說我的：「意外地孩子氣。」但我覺得並不意外就是了。

即便在雨中，以六隻大腳移動立刻就抵達了學校，我往上跳，把身體縮小，在屋頂上降落。

在那之後一切就照老規矩進行。我還得帶著傘進去，所以只好把屋頂上的門打開。

要是不在就不在吧，我是這麼想的。正在下雨，我以為這種天氣她應該不會來了。

我用尾巴打開教室的前門時，不知自己是安心還是遺憾，又或者兩者都有一點吧。

「這種天氣，妳也來啊。」

聽到我開口，正在自己的座位上玩手機的矢野同學抬起頭。

「我以，為你不會，來了。」

我用尾巴關上門，移動到教室後方，把身體縮成合適的大小。

「妳說妳沒傘，這把是多的，給妳。」

我輕輕把傘遞過去，她沒接住還一頭撞上了傘，發出「哇——唉——」的謎般哀嚎。

「好，痛。啊不要講白，天的，事。」

又這麼說，到底是誰囉唆啊。我「哼」了一聲不予理會。

矢野同學面無表情地低下頭。

「但還是謝，謝。」

這種時候不是才該掛著微笑嗎？但我並不想做強迫別人該有什麼感覺的蠢事，所以什麼也沒說。

我想起了露出苦笑的井口同學。

今天跟之前不同，我有話要跟矢野同學說。只不過我該怎麼開口呢？白天的話，面對工藤他們就很容易訴說，但我不知道要怎麼對矢野同學說出自己想說的話。

對話的開端，我望著教室的天花板試著尋找，但矢野同學不知想到了什麼，又提出了奇怪的問題。

「阿達，同學，天空之城派？風之谷派？」

「哎，嗯，龍貓派。」

我遲疑了一下，因為我在想是要說出有人問我喜歡吉卜力哪部作品時準備好的答案，還是真心話。

「這是夢，但又不，是夢。」

電影中的名台詞。只不過矢野同學奇怪的斷句，讓我一瞬間以為是別的台詞。

我心想，變成怪物的自己搞不好就是這種感覺。

「矢野同學是天空之城，還是風之谷？」

「魔，法公，主。」

「那為什麼問我那兩部？」

難道是因為喜歡魔法公主，所以看見我變成這樣也不害怕嗎？

「這麼說來，矢野同學，不是龍貓啊。」

「為什，麼？」

「妳叫做皐月*4啊。」

我是抱著閒聊的心情開玩笑說的，然而這句話不知怎地卻讓矢野同學不高興了。話雖如此，也只是故意皺起眉頭噘著嘴，完全沒有害怕的樣子。

「不，是那個皐，月啦。」

「這樣啊。」

「雖然名，字的意思也是五，月啦。」

我把能一口吞下矢野同學身體的腦袋傾向一邊，她露出一副呆樣開始說明我根本沒提出的問題。

「是花，的名字。」

她不等我回答，繼續說下去。

「差不多現在正，在開花。雖然有點，晚，是春天的花。」

說到春天的花，腦子裡浮現的是漫天的粉紅色或蓋地的黃色，我想不出名叫皐月的花是什麼樣子。

「春，天的花裡面我，最喜歡皐，月杜鵑。就算不，是我的名字也一，樣。」

---

*註4：皐月，日本農曆五月的稱呼。動畫電影《龍貓》的主角，也名叫「皐月」。

「不是櫻花，或是油菜花？」

我說出剛剛浮現在腦中的景象，矢野同學點點頭。

「當然那也喜，歡。但是那種花太漂亮了大家都，在看。比起那，種花我比較喜歡在山裡或是路邊，的花。」

「…………」

我壞心眼地想著，她這是在投射自己吧。

默默地，靜靜地，綻放的花。

我想像了，許多人。

「對，了雨停後去，看皐月杜鵑吧。開在山，裡。」

這個提議是到目前為止矢野同學說過最像樣的話，只不過——

「我是能去，矢野同學要怎麼去呢？」

「讓我騎在你背，上。」

「不要。要是妳也變成怪物該怎麼辦？」

我心想，矢野同學搞不好會說：那樣也不錯。

「那可不，行。」

沒想到她如此回道，立刻就放棄了。

雖然是我自己說的，但被拒絕還是有點讓人不爽。

「對了，為什麼突然講起吉卜力啊。」

「週五劇場演風之，谷。你沒，看嗎？」

「啊，忘記了。是今天啊。」

吉卜力不會在跟笠井他們的話題中出現，所以我就沒注意。雖然我已經看過很多次了，沒看到還是覺得有點可惜。

「我看過關於吉卜，力的幕後、設定和都市傳，說的部落格。」

「喔，說龍貓是死神之類的。」

「對對，阿達，同學喜歡死神喔。」

「但那好像是胡說。」

「傳說也很有，趣，是不是胡，說沒關係。既然喜歡龍貓連，這也不，明白嗎？」

她把我當傻子讓我很不爽。我只是說那些說法可能都不正確而已，並沒說一定是這樣，也沒一定要她接受。矢野同學似乎在指責我的這種說話方式不太好吧。

然而，我沒有反駁她，因為我也覺得傳說很有趣沒錯，而且我有比表達反感更重要的話要說。

「井口同學也說了同樣的話。」

我鼓起勇氣說道。

「小井，口嗎？」

矢野同學可能並沒有真的這樣叫過她，她說「小井，口」的腔調從昨天開始就有點奇怪，但是她肯回我就很好了。

「嗯，二年級的時候井口同學坐在我旁邊，她一直用龍貓的鑰匙圈，所以我問過她。像是妳喜歡龍貓啊，之後還聊了許多。那個人也說了，不可思議的事情正因為很不可思議，所以她非常喜歡。聽了她的話，我又重看一遍龍貓，那也變成我最喜歡的電影。」

「……哎，」

矢野同學驚訝地瞪大了眼睛。

「那個，不是啦……」

心想糟了，我只是想簡單說出必須告訴她的話而已，不知怎地竟然一頭熱地說起自己的興趣來。對方根本不想聽這些，我本來沒打算說的。

突然覺得很丟臉，我想起她要我不要提起白天的事情，但是回憶跟白天或者夜晚無關吧。

「不是啦，那個，我之所以提到井口同學，是因為在妳筆記本上塗鴉的，其實就是她。不過，她是被別人強迫的啦，這我今天才知道。井口同學覺得自己做錯了事，她道歉了，所以我想跟矢野同學說。」

總之，先抹消這種丟臉的感覺，把要告訴她的話先說了。

只不過一旦說了，不管井口同學怎麼道歉、怎麼後悔，她還是做了這種事。要是矢野同學的怒火轉向她該怎麼辦呢？雖然這也沒什麼奇怪的。

「…………」

她到底會有什麼反應？會說什麼呢？我滿是緊張地等待著。

「我知道了。」

矢野同學卻跟剛才一樣瞪著眼睛，溫和地對我說。

知道什麼啊？我繼續等待著。

「阿達，同學，啊。」

她用小小的手指指著我，並像小花綻放一樣，輕柔地笑起來。

「喜歡井，口同學，吧。」

我發乾的嘴裡「哎」地吐出一口氣，矢野同學誇張地「嗯、嗯」點頭。

「說那個，人，指的都是喜歡的，對象吧。」

「哎，等一下、等一下，妳在說什麼？」

我明顯地狼狽不堪。

矢野同學跟往常一樣不理會我的問題，拍了一下手，我還搞不清楚發生了什麼事。等一下、等一下。

「原來如此因為，是小井口所以，才選了用完，的筆記本啊。」

「……這是怎麼回事？」

「白天的話講，完了。」

矢野同學用雙手掩住嘴。幹嘛突然這樣？

界線到底在哪裡？我覺得這種規矩打一開始就是一時興起，便不理會她的忠告，當然也是因為我焦躁不安無法閉嘴不說話。

「那個，」

其實我還有一件事，為了保險起見想要確定一下，這也是為了讓認真說話的自己安心。

「井口同學筆記本上的塗鴉。」

矢野同學仍舊掩著嘴，皺起眉頭。

「我只是問問，應該不是矢野同學幹的吧？」

這次她掩嘴皺眉搖頭。

「這樣啊，抱歉。」

我的意思是，因為懷疑她所以道歉。

「現在是晚，休時間喔。」

矢野同學只如此說道，顯然這個規矩比她自己被懷疑來得重要。

窗上響起激烈的聲音，雨好像越下越大。這時鈴聲響了。

今天比較晚才變成怪物，還去逛了百貨公司，所以晚休時間很短暫。

「時間到了。阿達，同學重要，的人是小井，口太好了。」

「不是……不說白天的事情吧。」

我這麼一說，不就等於是承認她的話了嗎？但即便是怪物，也無法收回從嘴裡發出的聲音。

「這樣晚上就變，得不，重要了嗎？」

她分明是故意挑眼，但我卻無法回答。

我既沒肯定也沒否定，因為無論說什麼都對自己不利。

「真不，想讓好孩，子受傷呢？」

在跳出窗外之前聽到矢野同學最後一句話，但我黑色的腦袋也無法好好點頭，因為我沒有資格。

一言不發地跳了出去，怪物就算淋著大雨也無所謂。

要是那個時候我承認的話，情況會有什麼不同呢？

下個星期，就出事了！

星期一・白天

星期六晚上，其實我又去了學校兩次，但是矢野都不在。

我發現原來週末沒有晚休時間。

雨昨天停了，然而今天天空再度烏雲密佈。

今天我最擔心的不是能不能跟平常一樣不露出破綻，也不是不要跟矢野兩人獨處，而是井口會不會來學校。

本來就是，像矢野那樣被欺侮還每天坦然來學校的人才奇怪。井口就算不出現在教室裡，也不能怪她，當然矢野也一樣。

但是，井口還是應該來，要是今天不來，那大家就會認為一定是因為星期四發生的事。這井口應該也明白，一旦尷尬起來就更難在學校露面。

雖然我不是老師，但今年要考試了，還是不要缺席的好。

說得冠冕堂皇，卻都只是表面功夫，其實我心裡因為那時沒有回答井口的問題，是不是害她難過到無法來上學的地步而不安到極點。

所以走進教室，看見井口坐在自己位子上的時候，我打心底鬆了一口氣，雖然我無法不注意到沒有人接近她周圍。

「這種天氣也會讓阿達臉色不好吔。沒法踢足球啊。」

我一坐下來，笠井就坐到我的桌子上，我急忙做出開朗的樣子。

「呦，還好啦。」

「那我就跟阿達講一件有趣的事。」

笠井所謂有趣的事，多半都是看電視得到的雜學，或是班上同學誰在跟誰談戀愛之類的俗氣話題。這回又是什麼呢？

「發生了什麼事嗎？」

「對對，之前不是講過怪物嗎？」

「嗯，晚上會出現的。」

「那個出現在學校附近喔。」

「哎——」

我做出略微驚訝的樣子回應。

因為體型的關係，就算在遠處也可能被人看見，我得小心一點。我心裡這麼想著，但卻不是這樣。

「其實是元田好像在星期五晚上偷偷潛入學校啦。」

「……什麼？」

我不由得露出了真正的反應。

「哈哈哈哈！我就知道你會這樣。」

笠井拍著手無邪地笑起來。

「那傢伙真是蠢啊。星期六好像上午開始就有比賽，他把手套忘在社團活動室裡了，直到晚上才想起來，他說會被指導老師殺掉的，所以半夜跑回學校來。他家離學校騎自行車都要好久呢，而且還下雨。哈哈哈哈……。然後到了學校後，發現校門是開著的，隨便就可以進來，他還想說真是走運。而社團活動室的門鎖本來就是壞的，他進去拿了手套，出來的時候看見怪物的。」

笠井興奮地拍我的肩膀。

「看見怪物了嗎？」

「對對，近看非常大，超噁心的說。那傢伙半夜打電話給我，興奮得要命，吵死了，真想讓你也聽聽。啊，那時阿達在睡覺吧。」

「不好意思啦。」

我刻意帶著一點戲弄意味說道。

「他躲在社團活動室陰暗處，以免怪物發現他，怪物突然跳起來然後縮小了落地，進入校舍不見了。」

「什麼啊。」

「對吧！我說誰會相信這種話，那傢伙就生氣啦。他說星期六也來學校，又看到了。一定是在作夢啦，他還溜進校舍呢。真是蠢透了。」

「真的假的。」

「他還說，下次要叫幾個人半夜溜進校舍裡去抓怪物呢。啊哈哈哈哈……。我等著看他們被警衛抓吧。」

「啊哈哈哈哈，就是說。」

我強迫自己笑起來，但內心卻萬分動搖。

這下糟糕了。

然而，我又想了想……咦？其實被發現也不是什麼糟糕的事啊。

並不糟糕，我只要不來學校就好了呀。這樣的話，元田他們就會發現學校裡並沒有什麼怪物，我只要到遠處去，就不會被同學看到。

跟平常一樣平穩，維持對我而言的平穩。

所以糟糕的不是我，是矢野。

對矢野而言的平穩，會被破壞。

元田他們要是如笠井所說，被警衛抓到就再好不過了。對他們而言不好，但對矢野來說這樣應該比較好。

只不過，要是元田他們跟矢野一樣，設法神不知鬼不覺地進入校內，然後雙方碰上了，那可就大大不妙。

就算不是在校內，要是在矢野來學校的途中碰到了，也是一樣糟糕。變成怪物的我，在哪裡被誰看到都無所謂，因為我可以巨大化，只要逃走不被抓到就可以了。

但是矢野怎麼辦呢？

她不能巨大化，也不能快速逃走，她的平穩就會完蛋。

而晚休時間，也會完蛋了吧。

怎麼辦？怎麼辦才好呢？

其實跟我完全沒關係的……

笠井去跟別的小圈圈說了同樣的故事，然後回來撥弄著頭髮。就在此時——

「真是難以置信！」

高尾大聲地說著並走了進來。我以為他聽見元田他們說話，不過看來好像不是。

星期五晚上高尾騎自行車來學校，回去的時候雨變大了，爸媽來接他回家，他便把自行車放在學校，但好像被偷了。

如果是星期六不見的，那可能是運動社團的人幹的。但是很多人都參加運動社團，我們班上也有，所以明說不太好，高尾才故意大聲讓大家都聽到吧。

他不想破壞大家的同儕意識，也不想把敵意牽引到自己身上。

我想起二年級夏天的時候，矢野的鉛筆盒不見了，她大聲嚷嚷說：

「是誰偷的？」結果是自己忘在家裡。

「阿達、阿達！」

工藤突然在隔壁大聲叫喊我。

「嗯？」

我轉過頭，察覺一滴液體落在褲子上。流鼻血了。我急忙伸手到口袋裡，偏偏今天忘了帶面紙和手帕。

「我去找能登拿面紙。」

我說著用手掩住口鼻急急走出教室。

不想麻煩周圍的人，但聽到背後傳來笑聲，一定是笠井他們拿這個來取笑吧。我的心臟怦怦亂跳，一如既往我不予理會。

為什麼突然流鼻血啊？是因為變成怪物對身體造成的影響嗎？

我一面感覺嘴裡嚐到血味，一面用沒有沾到血的手打開保健室的門，能登跟我沒想到的先客在裡面，是綠川。

「安達，進來前要先敲門。」

「請給我面紙。」

我省略了招呼跟道歉，直接說明來意。能登把面紙盒遞給我，我抽了幾張，擦拭口鼻跟手，然後塞住鼻孔。

「這也給你。」

她遞給我濕紙巾，我對著牆上的小鏡子擦拭口鼻，也從鏡子邊緣看見綠川在窺看這邊。

「謝謝。不好意思我沒敲門。」

「因為來這裡的不只是男生，請你以後多注意喔。」

「對不起。綠川，抱歉啦。」

「嗯。」

就在我準備告退，握住門把正要出去的時候——

「你怎麼流鼻血了啦？」

能登問道。

「不知道吔，就突然流血了。」

「這樣啊。我之前也說過，你不要太勉強自己，偶爾也可以來這裡休息一下。」

「…………」

她到底知道些什麼才會說這種話啊，我思忖著。

我自己的事、班上的事、矢野的事……分明什麼也不知道，還教我不要勉強自己。就跟在星期五時對我說：「不要介意比較好」一樣，都是完全沒用的話。

難道綠川說了什麼關於我們班上的事嗎？我心裡如此懷疑。

然而，她如果真的說了什麼，那就更奇怪了。知道我們班上的內情，老師應該不會不管的。好吧，或許有人會不管。

「……我告辭了。」

我說完後便走出保健室。

這麼說來，綠川為什麼會在保健室裡？她哪裡不舒服嗎？還是跟能登說的一樣，平常太勉強了，所以去保健室休息呢？不管怎樣，她好像很敏感，大概身體跟心靈都很容易受傷吧。

沒來由地，我突然介意起綠川是怎麼想的。矢野現在的處境，她有什麼感覺呢？

當然最初是因為她重視的東西被破壞了，一定很生氣，可能也覺得矢野活該。但現在呢？那件事已經過了好幾個月了，應該沒那麼氣憤了吧……

不……，就算不生氣了又如何呢。

不能再想這種事了，就跟剛才擔心晚休時間會怎麼樣是一樣的，井口都已經遭殃了，這樣下去我也會變成班上的邊緣人。

那絕對不行。

在走回教室途中的樓梯上，看見搖晃著小身體的矢野正在上樓。我快速超前，聽到背後傳來「早，安。」的聲音，但我沒理會。沒問題，沒問題的。

我打起精神回到教室。

「你在想什麼黃色的事情啊？」

笠井調侃我說。

「哪有啦。」

我一邊回應著，一邊回到自己座位。

「怎麼啦？」

隔壁發現我流鼻血的工藤關心地問道。

「沒事。」

沒問題的，我就跟大家一樣。

可能是一大早吃巧克力火氣太大了。我打算這麼應付過去的時候，矢野走進了教室。

「早，安。」

一如往常，她的招呼大家都不予理會。矢野微微笑了起來，就跟平常一樣。

在那之後，平常矢野都會注意到某個人有什麼不同，跟那個人說話，而那個人會咋舌不理，她就會再走回自己位子上。

平常的話是這樣……

也就是說，今天不一樣。

矢野拖著腳朝井口走去。

那個樣子讓我想起之前出事的那天，我們班上的同儕意識稍為改變的那天。

不對，其實並沒有改變，一直都跟現在一樣，只是我遲遲沒有發現而已。她走路的樣子讓我想起發現真相的那天。

井口對著站在面前的矢野，跟那個時候的綠川一樣，抬起頭一言不發。她應該心想怎麼了啊，也可能還想著不要再生事了也未可知。

我在後面的位子上，用眼角瞥見矢野臉上不悅的表情。當隔壁的工藤對我使了眼色，我才好像第一次注意到她們一樣，正眼看過去。

接下來，矢野的目的立刻就明朗了。

井口臉的角度對矮小的矢野來說可能剛剛好也說不定，矢野突然打了井口一巴掌。

不像是女生打女生的清脆聲響、跟井口「哎」的叫聲、立刻有人站起來的聲音、我不由得脫口而出「喂」的一聲，好像都是同時發出的。

然後，就是一片混亂。

矢野拿起井口的書包打她。

「妳在幹什麼！」

直到剛剛還躲著井口的女生們要阻止矢野，中川的手不知是有意無意地抓住矢野的頭髮。

「好、痛！」

矢野叫了起來，即便如此，她仍舊微弱地用書包打井口。

「怎麼啦，怎麼啦！」

早晨訓練結束進來的元田看熱鬧似的問道。

接著導師走進來罵人，上課鈴響了。

大家被迫坐下，問矢野到底是怎麼回事，但她卻什麼也不說。旁邊的女生說，是矢野突然動手打井口。這完全沒錯，也沒有人反對。矢野好像也不想辯解，反而不知怎地笑了起來。微笑，跟平常一樣。

我看著她的面孔，覺得好可怕。

矢野被導師抓著手帶離教室，雖然老師叫大家安靜下來，但教室裡立刻就炸開了。

「那傢伙是怎樣！」

「開什麼玩笑！」

「小井口，沒事吧？」

「去死啦！」

大家忿忿不平，當事人井口好像還搞不清楚狀況，茫然望著四周。

我混亂了，到底發生什麼事了啊？

雖然真相只有本人知道，但矢野不在的時候，我們班上對那傢伙的行動會怎麼解釋大概也可以想像。

首先，班上中堅的女生團體會說，在矢野筆記本上塗鴉的是井口，她們也一起教訓了矢野。當然，她們會稍微竄改事實。估計大家都會覺得矢野平常雖然那個樣子，但這次卻因為對方是溫柔的井口，想要報仇所以幹出這種事來。

就算有辦法反駁，我也不覺得自己會說話，何況我也想不出什麼來反駁。

但我多少覺得自己有責任。昨天晚上，我跟矢野說了井口是犯人，井口就算想道歉，也不可能直接說出來，而矢野心中的怨恨也無法消除。

假使是這樣，她之前說過不會報復的，這次之所以例外果然還是因為對象是井口吧。

——小井口是好孩子啊。

矢野這麼說了，我怎麼就呆呆地相信她了呢？她可是矢野呢？然而，我卻逕自認為她說的是實話。

大家都憤慨萬分。

「筆記本被塗鴉，就對小井口動手，這也太超過了吧？」

「嗯，嗯，就是啊。」

隔壁的工藤這麼對我說，總之就是點頭附和。

我一面點頭一面思考，即使對工藤說的話並沒有同感，但我自然不會說出來。

當然暴力是不對的，這點我心裡也認同，不過大家認為破壞或毀損物品的罪行比暴力要輕，我卻很難同意。

比方說，要是把井口非常喜歡的龍貓鑰匙圈弄壞了，大家就不會這樣責怪她嗎？不可能的。矢野就是因為破壞了別人重要的東西，所以才被霸凌的。

我瞥向井口掛在桌邊的書包，心想，咦？一直繫在書包上的龍貓怎麼不見了。

就在此時，教室前門出現了一個人影，我坐正身子，進來的不是導師，而是能登。

「我們開始行禮吧。」

這麼快就恢復了平常的日程，大家紛紛私語，看來今天是由能登代替班導。

「是阿能啊——」

笠井說，卻被狠狠瞪了一眼。

大家都靜不下心來，總之先行了禮。能登打開自己的筆記本，說明今天的聯絡事項。我第一次知道保健室的老師也參加教務處的早會。

「第一堂課開始前都要保持安靜喔。井口同學，妳來一下好嗎？」

把注意事項講完之後，能登說著並把井口帶走了。

教室裡比剛才安靜了一點，卻彷彿有種挫折感越積越深般的詭異氣氛。

首先，根本沒人擔心矢野會跟導師說，在此之前她一直被霸凌。這讓我覺得教室裡的氣氛更加詭異。

大家的想法並沒錯，就算矢野說了實話，頂多全班被罵一頓加上說教，然後就結束了。因為沒有發生暴力事件，就不會受到處分，大家一定都知道這點。

老師生氣罵人，但我們不覺得有錯的話，就沒有任何意義。事情只會變得更陰險、更難察覺、認為一切都是她的錯的惡習會越來越嚴重。敵人在暗處的情況更加棘手。

星期一的第一堂課是班會，上課鈴響過了兩分鐘之後，導師帶著臉上掛著微笑的矢野，跟略顯困惑的井口走進來。

簡單來說，第一堂課就是讓大家平靜下來。

今天早上發生的事情，是兩個人吵架，現在已經和好了，這次偶然兩個人發生了衝突，但大家在畢業之前都是同伴，要一起努力好好相處，不要影響到考試等等。剩下的時間用來自習。大家應該各自預習功課，或是將還沒做的作業完成。

但是人人都在竊竊私語，根本沒人自習。綠川則在看書。

接下來的事情任誰都想像得到吧。

第一堂課結束，大家都聚集在井口周圍，擔心、同情，以及大部分女生都跟她道歉了。

沒有任何人跟矢野說：「妳搞什麼啊！」只不過休息時間有人默不作聲地踢了她的桌子；上課的時候不斷有人用紙團丟她；掃除時間結束後，她的鞋子被扔進水裡。

即便如此，腦筋有問題的矢野，仍舊掛著微笑。

放學的時候，我看見踩著鞋子的後幫、駝背前進的矢野，覺得她越來越讓人搞不懂了。

我在外面，看著雲間的月亮，在月下奔跑。

其實我不想這麼做，卻覺得不說不行。可能是因為有種錯誤的使命感，讓我覺得能問這件事的只有我。

我奔向學校，進入教室。

「妳是在幹什麼？」

我開口對坐著在座位上玩手機的矢野同學喊道。

「來，啦。」

她望著我回應。

「今天那件事。」

我說著移動到比較空曠的教室後方，讓身體變大。

「那件，什麼？」

「跟井口同學的事。」

我逼問她，但矢野同學又回了我已經聽膩的那句話——

「不要講白天，的事。」

「現在不是說這種話的時候吧。」

「阿，達同學好，煩啊。」

「妳才是。」

「我又沒對，你怎，樣。」

確實如此。這麼說來，的確是這樣。

那我為什麼這麼動搖呢？

我重新想了一下，立刻明白了。

「是誰說不想讓好孩子受傷的啊。」

「是不，想啊。」

「那，為什麼？」

我又問了一次。矢野同學噘起嘴來，她的表情很像小時候看見的大人的表情，是那種面對胡鬧的孩子，不知如何是好的那種表情。

「小井，口不就，不被大家排，擠了嘛。」

矢野同學好像故意似的重重嘆了一口氣，張開嘴說道。她一副被逼得不得不說的樣子，低頭繼續玩手遊。

我咀嚼她說的話。分明是我開口問她，然而自己卻無法回應，簡直像是天旋地轉一樣。當然天地並沒有旋轉。

「白天的事不，說了。」

「哎？」

「雖然有雲但，是雨停，了呢。要做什，麼呢？」

矢野同學的手機響起好像遊戲結束的聲音，她把手機放進口袋，望向窗外。我也隨之望去，看見對面的校舍裡好像有動靜，害我驚慌了一下，但仔細看去只是月亮在雲間若隱若現的影子變動而已。

我很疑惑……。矢野同學的話讓我疑惑，她對行動的解釋也讓我疑惑。

因為，那樣，很奇怪啊。

「在妳筆記本上塗鴉的，是井口同學喔。」

「我知，道啊。你一直重複同樣，的話呢。」

「但妳根本不聽我說。」

我無法理解。井口同學確實是好孩子，但那是對我們擁有同儕意識的群體而言。這幾個月以來，她都完全不理矢野同學，矢野應該知道她在撿起橡皮擦的時候動搖了。也就是說，要不是她剛好那個時候在那裡，是不會撿起來的。

說穿了只不過是那種程度的好意，矢野就願意做代罪羔羊？

「我搞不懂。」

「阿達，同學一直說同樣，的話，自己說過的話卻忘，記了。」

「忘了什麼。」

「不可思議的事情正因，為很不可思議啊。」

「那是井口同學說的。」

全身的黑點都躁動不安。躁動不安的原因並不是因為冷，而是跟見到從未見過的顏色和形狀時，腦子不知道該如何接受的那種不安一樣。

「這，這樣沒關係嗎？」

「怎，樣？」

「因為……」

這樣一來，情況不就比之前更糟了嗎？我不知該不該說出來。

我說不出口的遲疑，矢野同學不知道是怎麼想的，她只露出微笑。

「不，懂。」

她的意思是不懂我的疑問嗎？還是不懂自己的行動到底正不正確呢？

要是前者就好了。要是前者的話，那這傢伙果然是聽不懂別人話中含意、不會察言觀色的奇怪傢伙。

但要是後者的話，光想像一下就覺得可怕。

我一直都覺得她依照我們完全無法理解的思考方式行動，是個奇怪的傢伙。就算沒人理她，她一樣會跟我們搭話，被霸凌仍舊滿面堆笑，每天過得很開心似的。但今天早上到學校，突然就對同學行使暴力。

思考方式極端，腦子不正常的傢伙。因為她是這樣的人，所以置身於現在的處境也是沒辦法的事。

但要是她其實拼命考慮過才行動，努力地生活下去呢？

要是她星期六為了被自己牽連受罪的同學苦惱萬分，想要幫助她呢？

我突然發覺，搞不好當時綠川那件事也可能有隱情，矢野同學可能也是有她的考量才那麼做的。

然而，我並沒有問她，因為要是我問了，得到不得不認同的答案的話，那我在班上就沒有正當的理由逃避了。

我搖頭強迫自己不要繼續想下去。

不可能是這樣的。她要是普通人的話，不可能這樣每天面帶微笑的，而且這種日子還要因為並不喜歡自己的同學而更加惡化。

話說回來，應該有比動手打人更好的辦法啊。

這個傢伙的思考方式果然跟我們大家不一樣，我這麼認定。

就算喜歡同樣的樂團、看少年漫畫雜誌、期待週五的電視電影，都無關緊要。我決定不再跟她提井口同學的事了，反正不管怎麼說，我也不可能改變現況，只是白費力氣。

我要跟她討論或許可以解決的問題，不管怎麼想，那樣都比較有建設性。

「對了，我來這裡是還有一件事要跟矢野同學說。」

矢野同學用訝異的眼神望向我。

「只要不是又講白，天的話。」

「我覺得不算。其實班上有人看見我到學校來，說要潛入學校來抓我。」

「哇好笨，喔。」

「真的，竟然要抓怪物。」

「我是說阿達，同學。」

我用八隻眼睛怒視著她，矢野同學「哈」地笑出來。

她已經習慣了我的樣子，或許在人類眼中我看起來很滑稽也未可知。

「那可糟，糕了。」

「……是吧？這樣好像暴露了晚上溜進學校其實很容易。」

「晚休時間就，被發現了。」

「會不會被發現還不知道。就算在他們厭倦之前都不來，但要是這裡變成他們聚集的地方，就沒有意義了吧。」

「阿達，同學到校門口去趕，他們走吧？」

「我能先來這裡等他們是不錯，但每天變成怪物的時間是不一定的。」

我不去想這樣的前提已經是我會幫忙了。現在是晚上，也沒有任何人看見。

矢野同學雙手抱胸，「嗯」了一聲。

「要是在晚休，時間以外的時候來，會被警衛抓住所以沒，關係。晚休，時間來的，話就得讓他們覺得不能再溜，進學校才，行。」

「是啦，就算在外面威脅他們，也不能阻止他們溜進學校。」

「嘻嘻嘻嘻嘻，嘻。」

矢野同學突然開始詭異地笑起來。

「怎麼啦。」

「阿達，同學想要守，護這裡讓我好開，心喔。」

我特地不正視這個事實，但她非要說破，讓我超難為情的。

事實上不是這樣的。只是覺得既然我是怪物，搞不好可以趕走他們。

也或許自己可能是想贖罪吧！腦中又浮現這種奇怪的念頭。

「反正要是我聽到什麼消息，那天矢野同學就不要來可能比較好。」

「我們要怎，麼交換情，報？」

「這個嘛……」

就算我知道他們打算什麼時候行動，也沒有時間告訴她。正如剛才說過，我每天晚上變成怪物的時間並不一定，而白天根本沒辦法說話。

「而，且啊，」

「嗯。」

「要是他們今，天就來的話，呢？」

怎麼可能。我正想這麼說的時候，就像是看準了矢野同學這句話的時機一樣，窗外傳來非常大聲的鈴聲。

警鈴。我知道自己在顫抖，果然我對聲音很敏感。

我們面面相覷，立刻各自躲起來。我以為終於被發現了，而且警鈴還突然響起。

我的八個眼睛慌亂地轉動，一面跟矢野同學一起趴在地上朝門口匍匐前進，中途警鈴聲停止了，矢野同學立刻轉向這裡。

「這也太奇，怪了吧？」

「什麼啊？」

我低聲問。矢野同學站起身來。

「因為是晚休，時間，警衛不會管，的我以為是被不知道情況的老師，發現了。但是為什麼只有那棟校舍的警鈴，響了？而且聲音很，小。」

矢野同學哇啦哇啦地說個不停。這麼說來，除了晚休時間之外，她說的的確沒錯。

我做出影子飛到中庭去，那裡沒人。接著進入對面的校舍，慎重地四下察看，也沒有任何人。警衛室雖然亮著燈，但也似乎沒有異狀。我又到外面去觀察操場，繞到校門附近。

影子在那裡看到了動靜，只是一瞬之間。在發現衝出校門的東西是人的時候，那人已經消失了蹤影。我急忙追上去，卻已經無法跟影子聯繫上了。

「怎麼，啦？」

「影子消失了。」

「你叫它影子，啊？好害，羞喔。」

「那有什麼關係。學校裡有人。」

「誰？」

是誰呢？我覺得那人好像穿著運動服，頭髮不長，身材不高。因為只是一瞬之間啊。

我跟矢野同學這麼說了，她在椅子上坐下，「嗯」了一聲。

「要是剛才的，警鈴是警衛打響的那，就是校外人士，吧。」

「不是，那人穿的應該是我們學校的運動服。」

「這樣的話因為是晚，休時間所以，自己帶著的鬧鈴響，了真是笨啊。」

自己每天晚上都做出溜到學校來的這種蠢事不說，她還嫌別人笨呢。

聽到笨，讓我覺得入侵者可能是元田他們，或許是其中一人到學校來偵察。還是有其他人現在仍舊躲在學校裡呢？

我就是愛操心，再度製作出影子到兩棟校舍裡察看，結果除了警衛之外，沒有看見任何其他人。

「影子看，見什麼了，嗎？」

「……沒有。」

被女生捉弄的怪物，真是遜啊。

逃走的人目前不知道是誰，我只好持續保持警戒，然後先跟矢野同學商量對付元田他們的辦法。

但是我們想不出什麼特別的對策，最後只能以要是他們在晚休時間出現的話，我就派出分身去追趕他們，像是用火威脅猛獸的部落民族那樣。

說是商量，但出主意的只有我，矢野同學只不時說些傻話而已。

「這可是為了矢野同學喔！」

途中我不由得對矢野提出忠告。

「要賣我，人情啊。」

矢野同學回道。

這時，宣告今天晚休時間結束的鈴聲也響了。

「那就回家吧。」

我把身體縮小站起來，矢野同學也站了起來，一直望著我。

「怎麼啦？」

「……明天，也會來，嗎？」

為什麼今天又這樣問我呢？我阻止自己想下去。

「他們可能會突然出現，所以我會來的。我不在的時候，妳找地方躲起來吧。」

我覺得有正當理由真是太好了。

矢野同學應該也只是擔心晚休時間被打擾而已吧。

分開的時候，我光想到明天就開始感到不安，她揮手道別，我卻無法看著她的臉。

星期二・白天

話說回來，不管是人還是怪物，是白天還是晚上，是好人還是壞人，我都不想看到別人被欺侮。

所以我知道從今天開始的學校生活會很不愉快，我得一直看著斜前方的同班同學遭受比以前更嚴重的霸凌。當然我不會讓別人知道自己很不愉快。

我做好了心理準備。然而，為了在教室的時間而做的準備，卻被現實超越了，現實比我想像的更不愉快。

早上到教室，氣氛跟平常不太一樣。

首先，元田已經來了，這也罷了，可能是指導老師有事早上的練習取消了之類的。

我介意的是女生們都圍在某個座位旁邊，那是中川的座位。不知道發生了什麼事，我瞥了一眼，也算表示關切。

只見中川坐在位子上哭，一開始我以為她大概是跟男朋友分手了。中川長相跟個性都很引人注目，在我們班上的男生之間也受歡迎。大概是因為感情問題困擾吧，她哭泣的樣子，跟前幾天看見井口像看到蟑螂一樣的表情，大相逕庭。

事情並沒這麼單純。

直到矢野來上學時我才終於明白。

她跟平常一樣一面走進教室，一面說：「早，安」。昨天才發生過那種事，基本上沒人搭理她，她也習慣在大家的冷落中走向自己的座位。

今天矢野也依照自己的習慣行動。

不同的，是其他人。

中川的座位在教室前方，矢野從旁邊走過的時候，座位旁邊的元田轉身用空的保特瓶打了她的後腦杓。

「喂，」

跟昨天的巴掌比起來聲音小得多，但全班同學還是都僵住了，望著他們兩人。

矢野突如其來地吃了一記悶棍，驚訝地轉過身，我們也都吃了一驚。

在此之前，元田對矢野的種種行徑大家都知道，但是包含元田在內，並沒有人真的試圖跟矢野接觸。他們身高相差很多，就算不明白我們班上的人際關係，誰在欺侮誰也能一目了然。

到底是怎麼回事啊？

「是妳吧。」

在緊張的氣氛中，元田開口繼續說道。

我不明白元田這話是什麼意思，而矢野好像也不明白似的把頭傾向一邊。

「什，麼啊？」

矢野那種拖長音的說話方式讓人不爽。

「你把中川的便鞋弄髒了，丟在中庭，是報復昨天吧。」

原來發生了這種事。我從自己的座位上偷瞥中川的腳，這才看見她穿著咖啡色的拖鞋。

「開什麼玩笑。」

元田加強語氣說道。

他心中懷抱的並不是為中川打抱不平的正義感，大家可能也都知道他並不是厭惡矢野，只是想虐待和傷害對方，但在這個班上完全無關緊要。

「…………」

要是能告誡矢野的話，我會這麼做的，或許昨天晚上就該先告誡她了。

人家跟她說這種話的時候，應該露出怎樣的表情才是正確的，像是只要拼命搖頭，或是露出緊張的樣子就可以了。這樣的話，反正對方多半也沒有確切的證據，就會不了了之。

但是她為什麼要擺出那種表情啊。

「我不知，道喔。」

矢野微笑著斷然否認。

「啊？」

「不知，道——」

矢野可能以為對方沒聽見，又一個字一個字地拖長了重說一遍，然後臉上仍舊掛著笑容，轉身走向自己的位子。

她可能以為在這世界上，笑臉是跟別人構築良好關係的必殺技。搞不好還抱著只要面帶微笑一定可以增進感情，這種完全錯誤的想法。

所以我才想開導她，不是這樣的，對著並不想看見妳笑的人笑，只會有反效果。誰教她擺出那種表情。

「笑什麼笑。噁心死了，〇〇〇。」

元田拿起黑板邊緣的板擦，毫不遲疑地丟向矢野。幸好是板擦柔軟的那一面打中她的後腦，然後掉在地上，而她附近的人像是看到蟲的屍體飛來一樣紛紛閃避，因為板擦碰到了矢野。

「好——痛！」

矢野說著並用手壓著頭，但臉上仍舊掛著微笑，走向自己的座位。

看著她的面孔，我又感到害怕。

為什麼在這種情況下還笑得出來啊？難道這是矢野的什麼堅持嗎？

那天早上，沒有人再逼問矢野。而中川一直哭到導師進來，她便鞋的問題雖然在班上調查了，但是沒有找到犯人，中川只好一整天穿著客人用的拖鞋。

「是誰亂扔，怎麼不放回原處。」

掉在地板上的板擦被導師撿起來，並教訓了大家一頓。

我望著這一幕思忖著，誰會說出這玩意打到了矢野，所以大家都忌諱得不肯碰它這種殘酷的話啊。

班上都已經認定中川的事是矢野幹的了，當然我不知道事情真相，所以無法肯定或否認，只能隨波逐流。

體育課的時候，分隔球場的網子的另一端，中川和周圍的女生不斷用球砸矢野，井口則困惑地望著這一切。

但想這些也沒用，應該朝比較有建設性的方向思考。

「對了，元田他們，抓到怪物了嗎？」

午休時間吃完午餐，大家走向操場的途中，我和笠井兩個人去廁所，一面洗手一面好像突然想起來似的試著問他。而元田本人大概是為社團活動養精蓄銳，正在教室裡睡覺。

笠井好像很開心地笑起來。

「那只是說說啦，蠢死了。他們和棒球隊的一年級生發生衝突，吵起來了說。哈哈哈——。」

衝突？我第一次聽說。

「因為這樣他的晨練就取消了，他樂得很。但因為他搞了事，要是不能參加比賽的話……也罷，雖然可惜，還是很可笑。」

笠井壓低了聲音，一面笑著一面砰砰地拍我的肩膀。

原來如此，所以那傢伙才一早就在教室裡……發作啊。

真是災難——，對矢野來說。

「他們打算什麼時候動手？」

「天曉得，反正根本沒有什麼怪物。」

什麼啊。從笠井這裡打探不出情報讓我很失望，但仔細想想這種態度很正常，不正常的是我自己。

「怎麼？阿達有興趣啊，連阿達也想去抓嗎？」

「我才不會半夜溜進學校呢。」

「因為你很正派啊。」

「對啊，因為我不是笠井啊。」

「啥？」

笠井的表情突然陰沈下來。

笠井偶爾會在我欺負他的時候，突然不高興起來。不管是誰都有露出不快表情的時候，但總是輕笑著的笠井變臉，還是讓我緊張。

「不是啦⋯⋯⋯⋯」

「⋯⋯⋯⋯啊哈哈哈哈，怎麼，阿達認真了啊。」

笠井好像察覺我緊張起來，覺得很好笑，他笑得比之前更厲害，繼續拍我的肩膀。我安心了。

話雖如此，剛好這時候有個更能讓笠井開心的人從洗手間裡出來，時機正好，對我跟笠井都是。

綠川平常都是吃便當的，今天可能是要買果汁吧，她朝食堂的方向走去。

「喔，綠川，要去福利社嗎？」

笠井開朗地在她背後招呼，綠川絲毫沒有驚訝的樣子，慢慢地轉過身來，點頭回應。

「嗯。」

要是其他人，這時候可能就會說：「笠井你們呢？」但對方是綠川，要等她這麼說的話到天黑都等不到的。笠井估計也知道吧，但或許還是想多跟她說一點話。

「對了，綠川知道嗎？最近這裡有怪物出沒喔。」

笠井用比平常高一點的聲音繼續說道。

綠川什麼也沒說，只把頭傾向一邊。這是否定的意思。

有時候我會覺得這女生是不是除了「嗯」以外不會說別的話啊。但她上課的時候確實會回答問題，所以笠井的願望要是能達成的話，溝通方面是沒問題的。

「到了晚上怪物就會出現。當然我不相信啦。」

「嗯。」

「但是有好幾個人看見了。綠川對這種事有興趣嗎？」

「嗯。」

「哎，真的嗎？有點意外。啊哈哈哈——。那要是有新發展我再跟妳說。」

「嗯。」

「那就這樣，我們要去踢足球了。抱歉啊，打攪妳去福利社。」

「嗯。」

這是表示我們打攪她了嗎？

綠川點點頭，判斷對話已經結束，一言不發轉身走開。我覺得她這樣很沒禮貌，但笠井滿面笑容很高興的樣子。

我和心情完全好起來的笠井終於走向門口，其他傢伙已經開始在踢足球了。

「快點過去吧。」

笠井分明自己繞了路還催我，我加快腳步跟過去。這時，我們班的鞋櫃前面已經有人了，她看見我們吃了一驚。

「喔，中川，要到外面去啊，真稀奇。」

笠井一面說著一面打開眼前自己的鞋櫃，他可能沒有看到中川手裡拿的東西。

我和中川四目相接，不知道這跟我知道她為什麼在這裡有沒有關係，我不由得轉開了視線。

「笠井跟阿達，要去踢足球？」

中川沒有特別介意的樣子，主動跟我們搭話，讓我鬆了一口氣。

「喔，中川也去嗎？」

笠井穿上運動鞋，望向中川的方向，這才看見她手上拿的東西。

「哇，好恐怖！」

「啊哈哈哈——」

她手上拿著美工刀，跟隔著抹布握住的運動鞋。

「我想報復她。」

中川用矯揉做作的聲音說，並望向笠井和我。這次我沒有轉移視線，直接回應她。

「喔。」

「這是她的。」

「對對對。」

我的支援讓中川很高興，她的心情大概就像在王子面前被民眾歌功頌德的公主吧。

犯人確定是矢野了嗎？班上的大家跟中川完全不在乎的疑問在我腦中浮現。

「哎——」

笠井發出感嘆似的聲音，中川的視線已經轉移到笠井身上了。

「已經確定了啊。」

「咦？」

「弄髒中川便鞋的，已經確定是那傢伙了啊？」

我說不出口的疑惑，笠井卻毫無心機地問了。中川噘起嘴來。

「是沒有證據啦，但當然是她啊。」

什麼證據？跟上次玩偵探遊戲一樣。

因為井口的那件事，我知道就算大家這麼想也不奇怪，但笠井好像不這麼覺得。

「那就是還不確定吧？」

我想笠井的回答讓中川很意外，連我都覺得很意外。就算沒有直接做什麼，笠井應該是打心底討厭矢野的吧。

跟其他人不同的地方，在於他並非因為奇怪的道德感、同儕意識或是正義感而討厭矢野，是因為她傷害了自己喜歡的人而單純地感到憤怒。我覺得正因如此，他才對別人做什麼漠不關心。

中川一定沒想到同班同學，而且還是笠井，竟然會質疑自己對矢野做的事。

「這，這樣啊，也是。」

中川吞吞吐吐地附和，勉強地笑了一下，把矢野的鞋子扔在地上，穿過我們中間走掉了。

真是時機不巧。我望著她的背影暗忖。

「那我們走吧。」

「嗯。」

跟在笠井背後，心裡暗暗感謝他——並不是因為矢野的鞋子逃過一劫，而是因為他趕走了中川。

其實我一直覺得中川很難應付，她似乎對自己的長相很自負，也覺得比不上自己的人就可以毫不容情地傷害。在班上團結一致厭惡矢野之前，中川就曾經接近矢野，用那種噁心的聲音跟她說話，然後拿來跟其他交情好的女生取笑。她的目標不只是矢野，井口跟其他比較弱勢的班上同學都被她取笑過。

對笠井有好感的中川，要是能因此覺得受傷就好了。不管是她覺得自己的思考淺薄，或是沒有道德感，還是竟然有人不贊同她的行為，只要覺得受傷就行了。

我想起雖然虛張聲勢但是眼神動搖的中川，心裡稍微輕鬆了一點。同時也覺得大家都希望別人受傷，真是太蠢了。

笠井的願望雖然輕浮又感情用事，但還是希望綠川能感受到他的心意，溝通能力再高明一點就好了。

這一天沒有發生其他值得一提的事件，就此結束。

只除了上課時有人用橡皮擦丟矢野，以及高尾失蹤的自行車在附近的河邊被人發現。

一變成怪物，我就急急趕到學校。

不知道元田他們會不會去，加上白天的事情，都讓我著急。

先不說霸凌，深夜的學校裡幾個男生和一個女生在一起，光這樣就可以出事了。

我一面想著怪物不應該來湊熱鬧，一面進入教室，矢野同學還沒來。

真奇怪，現在已經是她所謂的晚休時間了。難道是因為今天的事而心情低落所以沒來學校嗎？

這樣想來，通常應該是如此。井口同學的事情也就罷了，但連沒有證據的事情都被當成犯人責備，承受各種難聽的話。

「哇啊！」

「哇啊啊！」

我跟平常一樣坐在教室後方，身後突然傳來巨大的聲響，嚇得我叫起來，同時全身的黑點四散紛飛，把附近的椅子都撞倒了。我聽到椅子倒在地上的聲音和工具櫃關上的聲音，待心臟和全身都鎮定下來，我盯著工具櫃看。

「喂。」

我出聲數秒之後，櫃子打開了，矢野同學瞇著眼睛嘻嘻地笑著。每天晚上她都讓我覺得不爽，虧我還有點擔心她。

「今天他們可能會來，妳還是不要太誇張了。」

「能登老師的生，日是什麼時候你知，道嗎？」

「妳啊……」

考慮要認真地警告她，但想想還是算了。不聽別人說話一定是她活了這十幾年培養出來的壞習慣，就算我警告她也是白搭。

而且，為什麼提起能登老師的生日啊？

「我不知道。幹嘛？」

「是下，星期喔。」

「老師的生日妳怎麼知道。」

「之前問，過的。三十，三歲了。」

兩件事讓我吃驚。第一，能登老師竟然已經三十三歲了。雖然笠井說過她大概三十歲左右，但我一直覺得她只有二十幾歲，而且一定不止我一個人這麼覺得，所以學生們才都沒大沒小地叫她阿能。

另外一點，就是矢野同學跟能登老師交情好到知道她的生日。可能正如老師說的那樣，矢野同學覺得疲累的時候，就會逃到保健室吧。但我覺得她不是在講疲累這種程度的事。

矢野同學悠然從工具櫃裡出來，走到自己的位子上坐下。我們倆都在老位置上。

「我想送她禮，物。」

「真的假的。」

送老師生日禮物，讓我吃了一驚，但我想起情人節的時候會有女生送男老師巧克力。好吧，沒那麼奇怪，但這感覺很不像矢野同學。

「要送就送啊？」

「禮物是送自己喜歡，的東西？還是送對方喜歡的，東西？你是哪一派？」

「送不會讓人困擾的妥當禮物派。」

「妥當跟適，當不一樣嗎？」

我用力搖頭。

「不一樣喔。好好考慮對方的想法，選擇大部分的人都會覺得不錯的東西算妥當吧。」

「考慮這麼多，這樣活著很，辛苦吧。」

妳什麼都不考慮，這樣活著才辛苦吧。我心想，但當然不會說出來。

「單純一點過，日子比較，好。」

「矢野同學……應該多考慮一下吧？」

我覺得這樣告誡她算妥當了。

「那就跟阿達，同學一樣，太辛苦了。」

「……我沒什麼特別辛苦的。」

跟妳不一樣。我是這個意思。

「沒，事的，阿達，同學不，用擔心。」

我都說了我不辛苦，她根本不聽別人說話。

沒必要的安慰，會讓人很不愉快。

我想擺出有點不高興的樣子，但矢野同學逕自說下去。

「能登老，師說了。」

「說什麼？」

我姑且順著她的話問。矢野同學坐在椅子上，對著我挺起胸膛，搞不好是在學能登老師的樣子還是什麼的。

「困難的，事情是，好的。努力活，下去。長大成人，之後會稍微，自由一點。」

「……」

「怎，麼樣？感動，了吧？如何？」

矢野同學興奮地說個不停，好像把我的沈默當成了感動。被人逼問感不感動反而會掃興的，我心裡這麼想。

不是沈默，我是說不出話來。

矢野同學得意地告訴我能登老師說的話，讓我啞口無言。

原來能登老師知道矢野同學的處境，竟然跟矢野同學說了這種話。原來她知道發生了什麼事，知道矢野同學被班上大家怎麼欺凌，過著怎樣的學校生活。

既然知道，為什麼不採取行動？只跟她說這種好像看得很透徹的話。為什麼不出手幫忙呢？她不是老師嘛！不是大人嘛！

我全身焦躁不安。

「怎，麼啦？」

「沒有……」

其實，我明白，我理解。而能登老師也明白，所以才沒有出手吧。

在教室這種空間、班級這種空間、同儕意識這種空間裡，老師啊、大人的，完全是外人，置身其中的我再明白不過了。

局外人完全無計可施，要是做了什麼，事態可能更加惡化。

「肚子餓，了嗎？」

「不是，這麼說來，講起能登老師，這算白天的事情吧？」

我用怪物的嘴做出詭笑，以其人之道還治其人之身。

我並不是認真要傷害她，反正矢野同學一定會用慣常的謎之理論逃

避，要不就是假裝沒聽見顧左右而言他，只要把沈默蒙混過去，怎樣都無所謂。然而──

「不講白天的事，情就好了。」

「……什麼意思？」

「把桌椅扶，起來吧，阿達，同學撞倒，的。好可憐喔。」

今晚矢野同學顯然沒有想跟我說明的意思。不過，想先蒙混過去的人是我，於是只好默默地把桌椅排好。

笨拙的矢野同學想把桌子扶起來，好幾次都失手讓桌子再度倒下。這樣桌子才比較可憐吧。

「小心一點，聲音這麼大，要是被發現了怎麼辦。」

「被誰發現？」

「警衛啊。而且如果那些傢伙來了呢？」

「被來襲者看，見不是比較，好嗎？」

來襲者？我想了十秒鐘，才終於轉換過來。來襲者，這種詞是用來講怪物的吧。

「為什麼看見比較好？」

「因為看不見阿達，同學就無法趕，走他們了啊。」

「啊，對喔。不能讓他們待在這裡，得趕走才行。」

「對啊，當，然啦。」

這傢伙真是。我嚥下湧到喉嚨口的抱怨。

矢野同學說的話沒錯，我得想想要怎樣對付來襲者。

「那就讓分身守在校門口吧。」

「影子啊，影，子。」

「……他們要是來了，就把他們引到校舍裡，威脅他們。」

「就這，樣吧。」

我立刻讓分身到校門口去，它不能改變體型，好像也不能噴火，而且不知道為什麼，一到學校外面就消失了。可能是一開始變出來的時候，是在學校裡的關係吧。

「對了你知，道昨天那是，誰嗎？」

矢野同學突然這麼說，我想了一會兒才知道她指的是什麼。

「昨天在校園裡響起鬧鈴的傢伙啊。」

「搞不好是班，上的笨蛋。」

矢野同學為什麼會這麼說呢？我思忖了一下便想起來了。這可不是說要想起才想起來的。

「不是說中川同學的便鞋被扔在中庭嗎？是不是昨天的傢伙掉的啊。」

「白天的事，情就，」

「可能是晚上扔的也說不定啊。」

我第一次反駁，矢野同學好像是默認了。

「證，據呢？」

她開始像小學生一樣的質問，我當然不予理會。

「如果是我們班上的傢伙的話，會是誰呢？」

「討厭百合，子的人。」

百合子就是中川。說到討厭她，我立刻想起一個人，不是怪物，是人。

「阿達，同學的，推理呢？」

這算不上什麼推理，雖然不是我本人看見的，而且也只能從昨天影子見到的背影來猜想——沒有矢野這麼矮，但身材不高，頭髮沒有披到肩膀上……

「男生的話，可能是笠井……」

「搞不，好是女生喔。」

「我們班上沒有那種身高和髮型的女生啊。」

「搞不好是弄，短了。反正阿達，同學的推理是笠井，同學啊。」

「嗯——，但是不可能是他幹的。」

「為，什麼？」

「他不是會幹這種事的人。」

矢野不瞭解笠井，我試著跟她解釋笠井是個沒有心機的人，當然我沒有說出中川同學本來要破壞她的鞋子，也沒有說他顯然喜歡綠川同學。

矢野同學也應該注意到笠井從來沒有主動危害過她，所以我對笠井為人的解釋她應該會接受吧。

我說完之後，矢野同學「呼——」地嘆了一口氣。

「他真，的很高明，呢。」

很高明!?我不懂這是什麼意思。

「腦筋也，很好。」

「他的成績爛得要命喔，腦子裡根本什麼都不想的。」

「原來你是這，樣看他的，啊。」

矢野同學的言下之意，好像是我真沒眼光。這種說法讓我很不滿，她分明完全不瞭解笠井。

「他一定，一輩子都不會有喜歡，的人。」

矢野同學還這麼說道。

看吧，她根本不瞭解。

「跟阿達，同學不一，樣呢。」

「……那個，妳到底在說什麼啊？」

「咦你喜歡小，井口吧。」

對戀愛話題完全沒有興趣的我突然念頭一轉。

「要不要去晚上的圖書室看看。」

我對著矢野同學轉移話題說道。

就算他們突然出現了，那裡也有很多地方可以躲，從這裡去圖書室也很快，我覺得這是個打發時間的好提議。

「真是太差，勁了啊。」

她卻回道。

「我可不想被妳這麼說。」

我不由得反駁道。

「是稱，讚喔。」

矢野同學說。

這哪裡是稱讚，稱讚什麼啊。

我們一面說著一面走向圖書室。離開教室時依照平常的手續，我打開門，鎖上門。

「我覺得是工，藤啦。」

在走廊上前進的時候，矢野同學仍舊粗線條地大聲說道。

「她不是會做這種事的人。」

「嗯——哼。果然差，勁。」

她這麼說我才終於發現自己被套話了，說來算是我自掘墳墓，真令人喪氣，連矢野同學的期望都達不到。

接近圖書室，矢野同學很高興似地加快腳步，自我嫌惡的我則慢慢跟在後面。

很久沒來圖書室了，這裡跟保健室一樣，有著跟學校其他地方不同的氣味。加上夜晚的靜謐，特別的氛圍讓我的心情好了起來。

我偶爾會來這裡，總是會看到某個不搭理人的同學，想起她我就說不出話來了。這算白天的話題，就不說了吧。

「啊，哈利，波特。」

矢野同學指的地方明顯地陳列著哈利波特的書。既然她也看哈利波特，好像證明了跟我們也沒太大差別，讓我稍微鬆了一口氣。

矢野同學在圖書室裡到處遛達，我跟到一半就覺得太麻煩，直接在門口附近待機。反正不管是誰來，只要把他們嚇跑就可以了。

在校門口的分身，目前為止還沒有看到任何人，看來今天晚上可以平安度過，大家都想平安度過晚上吧。

我在陰暗的圖書室中動也不動，覺得自己簡直成了夜晚的一部份。最後圖書室角落方向傳來鬧鈴的聲音，矢野同學從書架的間隔中露臉，朝這邊走來。

「沒有想，看的，書。」

「妳不是不看書嗎？」

「嗯但是阿達，同學說有，好看的書。」

我吃了一驚，但沒有表現出來，她竟然記得我隨口說的話，而且還當真了。

「但是全都是字看起，來一點都不，好看。」

「書隨便翻翻是看不出來的吧。」

「隨便翻翻看，起來就有意思，的才好。」

這種話跟做書的人去說吧。我想著站起身來，催促矢野同學先出去，然後用同樣的方式鎖上門。

「咦，」

「怎麼，啦？」

「剛才，矢野同學先進去的？」

「嗯。」

「門呢？」

「沒，鎖。」

是忘了鎖門嗎？

警衛可能會回來鎖門。我把分身從校門口叫回來，跟平常一樣謹慎地走回門口。

在此期間矢野同學毫無危機感地哼著歌，我叫她注意，她仍哼唱著：

「一點小，事斤斤計，較會討人，厭——」我決定從明天開始要帶毛巾什麼的來，直接塞住她的嘴。

對，明天我們也會在晚休時間見面。

「明天見。」

走出校門，我第一次主動這麼說。

「好。」

她難得地露出認真的樣子，點頭回應。

回家的時候，我心想，要是矢野同學在路上碰到他們也很糟糕，就偷偷地跟在她搖搖晃晃的自行車後面。今天我第一次知道她家離學校還滿近的，就是普通的一戶人家。

當然，我永遠都不會去就是了。

星期三・白天

今天矢野的「早，安」一如既往無人理會。

不只是中川的便鞋，連高尾的自行車被偷，都有人開始懷疑是不是矢野幹的。她一大早就在翻垃圾桶的身影，讓班上的同學吃吃偷笑。而中川受傷的樣子，也激起了周圍女生的同儕意識。

矢野的情況越來越糟糕，但只有一件值得高興的事——我終於獲得了必要的情報。

「今晚行動！這麼突然啊。」

我心中暗暗感謝笠井的情報，緊張得說出了真心話。

「嗯，我跟他們說我要打遊戲，叫他們不要打電話給我。」

這樣啊。對笠井來說，不對，那個時候對笠井也是休息時間，真不愧是上課時跟矢野和元田他們一起打瞌睡的傢伙。

「阿達代替我接聽他們電話吧。」

「我要睡覺啦。」

「想也是——，阿達就是這樣。」

笠井一面嘆氣，一面露出「真拿你沒辦法」的笑臉。

我不知道他是承認我這個人就是這樣，還是覺得我無藥可救只能苦笑。不管怎樣，笠井算是原諒我了，我鬆了一口氣。

「反正不是沒有怪獸白跑一趟然後回家，要不就是被逮到鬧出問題來。不過，他們被逮到絕對比較好玩啦。哈哈哈哈——。」

笠井大概是想像元田他們被抓到的樣子，笑了起來，我也配合著他一起笑。

「那一年他讓別的同學受傷了，結果被停學不是嘛。」

笠井笑著這麼說，我也陪笑。

沒錯，現在不是關心不認識的人受了什麼傷的時候。

決戰，就在今夜。

理科課程結束後，我看著跟上星期不一樣、跟矢野離得遠遠的井口，自己下定了決心。

星期三・夜晚

我覺得我的人生還滿常有「偏偏在今天」的情況發生，但也可能是我只記得對自己不利的情況，好事都忘記了的關係。

今天也是，偏偏在這天。

元田他們到學校來抓怪獸的今天，矢野同學所謂的晚休時間已經開始二十分鐘了，我卻還在家裡。

仍舊是人的樣子，在家裡來回踱步。

「快點，快點，快點。」

我焦急地小聲叨念，但黑點就是不出現。偏偏在今天。

糟糕。根據笠井的說法，他們會在之前看見怪物的時間到學校，既然如此，他們可能已經到了也說不定。

我是不是該就這樣以人的型態去學校呢？不，要是在途中變身被人看見就糟了。

不知道是不是姿勢的問題，我試著躺在床上，試著蹲下，但都沒有變化。腦中不由得浮現在此之前從未有過的最糟的預感——搞不好變成怪物的次數已經用完了。

一面想著這樣可不行，一面又覺得要是這樣的話也沒辦法。因為本來就不知道自己為什麼會變成怪物，所以就算突然不能變化，也不奇怪。不可思議的事情，就是不可思議。怪物不可思議地出現了，也不可思議地消失了。

但是，為什麼偏偏要是今天？

我想起第一次變成怪物的晚上，那個時候是怎麼變身的啊？

黑點突然從嘴裡冒出來，一開始非常驚訝，不知道自己發生了什麼事，非常害怕，甚至以為是在作夢。

但是雖然像是作夢，卻不是在作夢。

之所以能夠立刻接受，是因為我有井口同學說的那種天真的地方吧。

而且變成怪物犧牲了夜晚，對我而言完全無所謂，我並沒有需要守護的夜晚。

會犧牲掉的夜晚、要守護的夜晚，那是矢野同學有的。

對在等我的她而言，一定是有的。

就這樣不可思議，無法理解，真的好嗎？

這樣的話——

「啊，來了。」

真的非常突然，今天也開始變化了。黑點像螞蟻一樣，從指尖開始慢慢地吞噬我，下個瞬間，我成為流線形體飛躍而出。

快點，快點趕到學校去。

我覺得自己速度越來越快，當然也可能是錯覺。

即便在這種時候，夜風拂過黑點也讓人覺得很舒服。

我比平常快了數倍，想起來可能只是數秒而已，就到了學校。急忙製作出分身，送往警衛室所在的校舍，自己則到教室那裡。

出入口的門開了一條縫。

是矢野同學，還是那些傢伙？不管是誰，我都做好戰鬥的心理準備，在黑暗的校舍裡前進。

沒問題、沒問題。怪物就算被看見，不管是誰都會逃跑的，所以沒問題。

我保持略大的體型，這樣不管什麼時候碰到別人都可以應對，然後靜悄悄地開始侵入，分身目前好像也沒有任何發現。

首先前往教室，要是矢野同學碰到那些傢伙的話……在那之後要怎麼辦我完全沒有想過。但總而言之，事情就搞大了。

上了三樓，我擺出怪物的態勢在走廊上前進。聳著肩膀，高高翹起尾巴，有沒有效果真是天知道。

我一步步接近教室，走到教室前，偷瞥了裡面一眼，沒有人在。平常我都從後門溜進去，但今天想確定矢野同學是不是來了，於是試著開前門。

門發出鈍鈍的聲音打開了，矢野同學已經來了啊。我每次都會想門到底是怎麼開的，但現在不是追究這種事情的時候。

我戰戰兢兢地走進教室，用尾巴敲了兩次旁邊的桌子。

「有——」

熟悉的懶散聲音讓我放心了，但立刻就想罵「笨蛋」。

我接近發出聲音的工具櫃。

「要是不是我的話可怎麼辦啊。」

我壓低聲音說道。

這回她哐哐地敲了兩聲。這又是什麼意思啊？

「他們好像今天會來。總而言之，妳先躲起來。」

又聽到一次敲打的聲音，我把前門鎖起來，溜到走廊上。

他們可能還沒來吧，分身什麼也沒看見，或許該讓它到校門那邊去。

我上樓去察看，一步步走上樓梯，四下一片寂靜。

這麼想來，他們說要來抓怪物，一定只是藉口而已。他們對怪物應該是半信半疑，搞不好根本不相信，也可能只是為了打發時間溜進學校來玩，而抓怪物只是附加的刺激而已。這樣的話，要趕他們走應該也不是什麼難事。

就算他們抓到怪物，又能怎麼辦？養著嗎？殺掉嗎？賣掉嗎？這可是怪物啊！怪獸喔！普通的小孩能怎麼應付啊。

我才不會輸給那種傢伙呢。那種只有體力的傢伙，夜晚的我絕對不會輸他們的。

「哎？」

在五樓。有個男生從樓梯旁邊的廁所走出來，跟我撞個正著。

「……」

我忍住差點叫出來的聲音，心想糟了。我以為廁所傳來的水聲是自動洗淨的聲音，完全沒想到是有人。

「嗚啊啊啊啊啊啊啊啊啊啊！」

對方看見我，當然大叫起來。這傢伙是之前在棒球隊的社團活動室碰到過的，他是笠井的朋友。

我全身蓄力，身體膨脹起來，張開嘴，跟趕走野狗的時候一樣發出叫聲。

「××××××××××！」

連我自己都覺得聽起來不像生物，像是捏碎鋁罐一樣的聲音。

對方一屁股跌坐在地。很好，他嚇到了。

我瞪著跌坐在地發不出聲音、拼命往後躲的男生，突然聽到背後有動靜。我轉過頭，音樂教室的門打開了，有兩個人目瞪口呆地望著這裡，那是元田跟隔壁班的傢伙。

為什麼音樂教室的門沒鎖啊？這種事情就先不管了。

三個人啊。我得嚇跑這些傢伙，讓他們再也不要接近這裡才行。

我在心中確定自己的任務，就先跳過跌坐在地上的傢伙，同時看見三個人，坐在地上的男生繼續大叫，在地上翻滾。

我試著發出喉音，坐在地上的男生掙扎站起來，想從我上來的樓梯下去。逃走是不錯，但三個人一起更輕鬆。

「哇！」

剛好分身在這個時候來了，分身在樓梯上追趕剛才跌坐在地的男生，我也稍微往前，把三個人一起逼到牆邊。

要是讓他們逃進音樂教室就麻煩了。我讓分身盯著這些傢伙，先跳出窗外，進入音樂教室把門鎖上。

「哎？」有個像女生一樣的丟臉聲音在我背後響起，我又跳到外面。就這樣回到走廊上也太遜了，讓警衛覺得他們是在作夢吧。我在中庭變成他們稱之為怪物的大小，用巨大的眼珠子從窗外怒視著他們。

一瞬間時間好像靜止了，接著校舍裡響起了悲鳴。

三個人跌跌撞撞地想要逃跑，我笑著看他們出醜，當然我沒有發出人類的聲音，而是非常謹慎地用怪物的聲音大笑。

我讓分身引誘他們逃向樓梯的方向，自己侵入校舍，把他們趕下樓。途中剛才跌坐在地的男生又在樓梯轉角處跌倒了，我從他上方的樓梯威嚇他。在此同時讓分身下樓，在四樓拖住元田他們。

「不要過來！」

跌坐在地的男生慌忙站起來逃下樓，跟停留在四樓的元田他們會合。

我讓分身確保他們可以逃到三樓，然後自己在樓梯上，讓分身在走廊上瞪著他們。

能不能用什麼特別的方法在這裡嚇他們一下呢？我一面發出喉音一面考慮。

突然元田發出討厭的咋舌聲。

「兩隻怪物啊。」

我以為元田只是自言自語，沒想到他卻突然行動了。他將左手握著的球棒交到右手，開始攻擊分身。

「嗚哇——」

我不知道自己要是受到攻擊會有什麼反應，總之立刻讓分身避開，自己則全身聳動威脅他。我用全身表達的怒氣讓元田後退了一步，更趁機讓分身和自己往前一步，節節進逼。

這傢伙真是。我的真面目應該是不會暴露的，但不知道是有還是沒有的心臟怦怦地跳個不停。

突然之間，就要揍不知道是什麼東西的怪物，元田這傢伙。

元田回到兩個同伴的身邊，重新舉起球棒，可能是因為分身躲避球棒的攻擊但並不反擊，而且對分身的攻擊引起了我的憤怒，讓他不知有了什麼主意。

元田嘴上掛著慣常的討厭笑容。

「這是小孩啊。」

他望著分身這般推論，雖然錯得離譜，但對我而言卻不是什麼好事，我可以猜到元田接下來會採取什麼行動。

「啊——！」

元田再度攻擊分身，分身閃避他更加瘋狂揮棒。

我就知道他會這麼做。這傢伙一判斷哪邊比較弱小，就會沾沾自喜地攻擊人家。他把分身當成小孩，看它的眼神就跟白天時看著矢野同學的眼神一模一樣。

我可以躲避元田的攻擊沒有問題，要是到了緊要關頭，也可以奮力逃跑，他絕對追不上的，他身後的兩個人已嚇得動彈不得。

所以目前糟糕的事情有兩件——

第一，就是他會發現分身無法反擊。其實從剛剛開始，我就一直命令分身擋下元田的球棒，但分身都沒有動作。這可能是因為我一開始創造出分身的時候，並沒有賦予攻擊的形象吧。

另外一件事，就是我的本體不能觸碰到他們。正確說來，應該是碰到他們不知道會發生什麼事情，要是黑點把他們變成怪物的話，情勢就會逆轉了。

我完全沒料想到元田會不假思索就這樣行動。

分身漸漸後退，總之，我得先讓他們看見我有攻擊的意思才行。

我想起上次在屋頂上的事，比上次收斂很多地讓體內的黑點發熱，張嘴吐出少量的火焰，但可不能把他們燒成焦炭。要慎重，要慎重。

「嗚哇啊啊——」

望著元田的兩個人感覺到我發出的熱氣，急忙跳開。這招好像很有效，兩人慌忙奔到元田旁邊。

「這傢伙會噴火！」

「糟糕了！」

「快逃！快點！」

我一面聽著他們的聲音，一面慢慢逼近，和分身一起兩面夾攻。但是分身只能防禦，也不能一直這樣下去，我得快點讓這些傢伙逃走才行。

在這之後的行動是我輕率的失誤，他們的一個動作讓我心焦。我應該到外面去，把對方引出去才對的，是我太小看敵人了。

我趁元田攻擊的空檔，設法讓分身從三人的頭上越過，沒想到這時元田竟然毫不考慮就出手。他發現分身要從頭頂越過，幾乎像是反射動作一樣把球棒扔過去，看起來好像要打中他的同伴一樣，然而運氣不好，打中了分身的尾巴。

分身瞬間像煙霧一樣消失了，然後走廊上的日光燈發出響亮的聲音，碎了一地。

一瞬間我覺得時間好像停止了。

「……糟糕了，糟糕了！」

剛才跌坐在地上的男生一面說一面逃離我。

我也同意他的話，糟糕了。

不過，有危機感要逃跑的只有我跟他而已。我跟剩下的兩人對峙，感到冷汗直流，雖然不知道怪物會不會流汗。

打破了日光燈，這當然糟糕，但是對我而言，還有真正糟糕的事情

——那就是分身被武器攻擊就消失了。

他可能會以為攻擊對我也有效，搞不好有要是對碰到的東西有惡意就有效的這種規矩也未可知。

這也就是說，就算今天他們逃跑了，可能還是會回來抓我。

乾脆設法把他們打昏算了。不，我沒有用這種身體直接攻擊過，不知道分寸，要是把他們打死了那可就糟了。

這些思緒在我腦中翻騰。我想先設法再度製作出分身，但是分身卻不出現。難道是有什麼限制嗎？

我不能讓他們小看我，怪物不讓人害怕不行。

我謹慎地從嘴裡噴出火焰，發出比剛才更大的咆哮聲，做出失去同伴的憤怒樣子。

「喂，差不多該逃了吧。」

隔壁班的男生後退一步跟元田說。

元田應聲後退一步，但仍舊瞪著我。

「這傢伙，搞不好也會消失吧？」

「別，別開玩笑了！不快點逃，警衛就要來了啦！」

我得先下手為強。所以在他們開始逃走前，先邁出一步，同時大聲咆哮。要是警衛聽到這個聲音過來，那他們被抓到也是無可奈何的事。

看來我採取的行動是正確的。他們好像以為怪物真的生氣了，為了遠離我拔腿就跑。

我讓身體巨大化，佔滿走廊的寬度，然後追趕著他們，並仔細地用不讓他們逃跑、但也絕對不會趕不上的速度，張著嘴用六隻腳緊逼在後。

他們跑得很快，而且當機立斷的判斷力也不錯，跑到校舍末端時很快轉向樓梯的方向，我也把身體傾向一邊繼續追趕。

搖晃的尾巴撞擊著牆壁，不停發出的撞擊聲讓其中一人，就是隔壁班的那個男生，在樓梯上轉過頭來。他在四樓和三樓中間樓梯平台前最後的一階踩空了，當場跌倒。

我為了避免撞上他跳了起來，貼在樓梯間透進月光的窗戶上，現場只剩下緊急出口標示燈的詭異綠光。

「等一下，等一下！」

隔壁班的男生是對我說話，還是對元田說話，我在判別之前就爬上了天花板，從上面瞪著他們。

能夠對抗重力的怪物，應該更嚇人才是。

要是他們能嚇到就好了，然而事與願違。

元田望著我，但卻沒有要逃跑的意思。

就在此時，強烈的光線晃了我的眼，我嚇了一跳，閉上八個眼睛，在天花板上躲避。

「喂，牠要逃走了！」

是隔壁班男生的聲音。我在忽明忽暗的視野中望向聲音的方向，看見他手上拿著手機，是手機手電筒的光線吧。

以為是黑色的怪物所以可以用光線擊退，又不是動畫或者遊戲好嘛，但這對原本是人類的我卻有一定的效果。

我心想，在他們逃走前得再嚇唬他們一次，雖然眼冒金星，我還是打算一路追他們到樓下。我往下爬到地板上，逼近他們，想就這樣追他們到一樓，然後在操場上噴火威脅他們就好。

雖然這麼打算，但他們的行動並不如我所願。

「過來。」

元田說著不是跑向樓梯，而轉向了走廊，隔壁班的傢伙過了一會兒才明白元田是叫他過去，急忙跟上，我也追在他後面。

到底是要怎樣？他到底想幹什麼？

我一面咆哮一面追趕，元田跑過一間空的教室，以及另外一間平常上課用的教室，然後來到我們班的教室前面，把手放在門把上。

瞬間我吃了一驚，但沒問題的，矢野同學不知道怎麼打開的門，我剛才鎖上了。

喀喳喀喳，門上了鎖的聲音傳來。

「搞什麼，該死！」

元田咒罵出聲，簡直像是教室門應該要開著一樣，他們繼續往前跑。我不明白他咒罵的含意，只跟在他們後面，張著嘴好像要把他們吞下去一樣，我的嘴就一直張著。

元田不死心地跑到後門想打開，我以為他犯蠢呢，然而教室的後門卻開了。他們倆鑽進教室，我則順勢衝過了頭。

為什麼？腦中浮現這個疑問的同時，聽到後門鎖上的聲音。

我一直都是從前門進去的，所以沒有注意到矢野同學是不是也把後門的鎖打開了。

為什麼？為什麼元田他們好像知道教室門沒鎖一樣想逃進去？

我焦急地在走廊上折返，從窗戶望進教室裡面，兩個人滿臉大汗地看著這邊。我緊張得全身顫抖，他們應該也是吧。

矢野同學躲藏的工具櫃就在他們身後，要是被他們發現，就完蛋了。

就在我想著：「完蛋了」的時候，工具櫃的門打開了一條縫，不知道是不是想要確認外面的狀況，我看見矢野同學微笑的臉。

白癡啊！我忍著不叫出聲來，在心中怒罵。

我想我得吸引他們的注意才行。我跟平常一樣在心裡想像著，但是跟平常不一樣的是，我非常緩慢地，故意要讓他們害怕。

我化成一灘液體，慢慢地從門縫裡侵入教室。好像毒水溢出一樣，好像毒氣滲入一樣，黑影慢慢地在教室地上成形。

他們沒想到我能這樣進入教室吧，兩個人都嚇呆了，動也不動，然後我慢慢做出比走廊上還小的形體，耳邊傳來他們的哀嚎。

怎麼樣？你們沒想到我有這種本領吧？我帶著這種心情，用怪物的嘴笑起來。

「搞什麼啊，這傢伙！」

元田說著抄起手邊的椅子扔向我，我用尾巴接住那張椅子，輕輕扔向元田，跟把傘遞給矢野同學時一樣輕輕的。這是為了要讓他們看見，我的確可以接觸到其他的物體。

元田驚訝地接住了椅子，憤恨地瞪著我。

「把人看扁了啊。」

他可能以為怪物在玩弄獵物，其實我哪有這種閒工夫。我得注意不碰到他們，嚇唬他們，讓他們以後不敢再來。這還真難辦到。

但對方是元田的話，把他當獵物玩弄的感覺或許不錯，因為元田一向都這樣對待別人。

和緊張不同的感覺讓我全身騷動。

雖然如此，我也不能無所作為，得在矢野同學被發現之前，快點把這些傢伙趕出教室才行。

把他們逼到陽台上跳下去顯然不行，這裡是三樓。就在我思索著把他們趕出這裡的方法時，對方就行動了。

全班使用的置物櫃上，放著一把劍道部成員工藤用的竹刀，元田拿起竹刀對著我。

被竹刀指著，我心想糟了。

之所以覺得糟了，並不是因為元田擺出挑戰的姿勢，而是因為我看見元田身後另外一個人被朋友英勇的態度激勵，自己也伸手想找武器戰鬥。

他望著這邊，手伸往工具櫃的方向，他可能不想讓我注意到吧。

怎麼辦？我的腦袋跟心臟都在發熱，非得想點辦法不可。但我想得太多遲疑不決，動作慢了一步。

他的手摸索著工具櫃的門，摸空了兩次，第三次握住了門把，正想要偷偷拉開，但工具櫃沒有打開。一定是矢野同學從裡面拉住了。

但我也只安心了一瞬間——

「裡面有，人喔。」

白癡啊！我還沒叫出口，他們倆突然聽見高亢的聲音，嚇得跳離工具櫃附近。

這樣正好。我忍住叫聲，奔到工具櫃前面。事出突然，所以我並不是想起以前矢野同學說過的話什麼的。

我對著工具櫃張開大嘴，在腦中想像著——

我的身體裡就像宇宙一樣，裡面跟外表的大小不一樣，有著廣袤的空間。我的嘴是那個空間的出入口，可以吞下任何東西，存放在那裡，也可以自由地吐出來。

我就像鳥吞魚一般，在幾秒鐘內把工具櫃吞了下去。

沒有時間懷疑自己到底能不能做這種事，但果然也就做到了。

我和驚呆了的兩個人視線交會，感覺時間好像又停止了。

「嗚哇啊啊啊啊啊啊啊啊啊啊啊！」

他們好像被怪物吞掉比人還大的東西嚇到了，兩人放聲大叫，跌跌撞撞地逃出了教室。

想像力，真是無所不能。

我本來並不相信的，但的確一直在想，要是能做得到的話、要是能長出翅膀在空中遨翔、要是能鑽進地面、要是能瞬間移動等等，其中之一就是四次元空間。既然是怪物，那四次元空間只好用吞的了。

要是什麼都辦得到的話，搞不好會有人要我幫忙。但我是就怕會這樣，所以從沒嘗試過自己的力量，因為不管怎樣我都幫不上忙的。

但是夜晚的我，能辦得到的事都可以試試，只是這樣而已。要不然這個笨蛋就會被別人找到了，她就是這種啥也不會的傢伙。

變成怪物的時候，能幫她就幫吧。

工藤的竹刀被元田扔下，我把竹刀放回櫃子上，出去追趕他們，得把他們趕出學校外面才行。

跌跌撞撞下樓梯的兩個人一下子就被我趕上了，我在後面咆哮讓他們知道我來了，他們回頭瞥了一眼，再度大叫，全力逃跑。

「不要過來！」

我望著發出丟臉叫聲的元田，覺得有點開心。

來到一樓，他們跑向出入口的方向，然後逃到校舍外面。

這時我才察覺，他們並沒跟矢野同學一樣換上便鞋。

來到室外，終於可以自由改變身體的大小，要讓逃往校門口的傢伙們好好看清楚。我等著他們倆跑到校門口，而跌坐在地的傢伙也在。

我在他們後方把身體膨脹成怪獸般的大小，到只要踏出一步就能踩到他們的地步，蠢動的黑點雖然沒有發出聲音，但卻激起飛揚的塵埃。

他們大概跌倒了兩次，終於跑到校門口。現在要乘勝追擊。我非常慎重，確認四周沒有人，然後朝他們前進的方向噴火，卻也剛好留出讓他們能逃跑的空間。

即便如此，他們好像還是感覺很燙，三個人都跌倒在地動也不動，抬頭望向我這邊，看來好像站不起來了。

我沒想到他們這麼膽小，正發愁下一步該怎麼辦的時候，元田開口大叫，仔細一聽，好像是在咒罵。

我睜開眼睛瞪著他。

「媽的！你是什麼玩意啊！」

我是你同班同學。當然不能這麼回答。

「你什麼也沒幹啊！」

確實，我到目前為止什麼也沒幹，要是幹了什麼你們就慘了。當然也不能這麼回答，於是我用一隻腳跺了一下地，表示我要踩扁他們。

不知道威脅了幾次，元田雖然充滿懼意，還是虛張聲勢地瞪著我。

就在我開始覺得厭煩快要受不了的時候，他說了一句話——

「你來我的學校想幹什麼？」

聽到這句話，我不知道有沒有的腦子猛地沸騰了。

「…………學校可不是你的。」

不知怎地，就這樣說出來了。只能說，不小心說漏了嘴。

我心想糟了，但已經太遲了。

元田好像也聽到我說的話，他雙眼大睜，全身僵直。

完蛋了，他聽到我的聲音，我是怪物這件事要曝光了。

之所以這麼想，很可能也是因為我是會把矢野同學當成普通同班同學的那種人。

「會說話啊……」

聽見元田好像從喉嚨裡逼出來的聲音，頓時鬆了一口氣。這種模樣的怪物跟自己一樣會說話，還有智能，一定會大吃一驚的。而且沒人厲害到能從一句話就聽出來是誰的聲音。

「我，我知道了啦！」

知道什麼啊。

「不會再來了！不來了啦！」

元田放低姿態說著並掙扎要站起來，想拋下同伴自己逃跑。隔壁班的傢伙也爬起來說：「等一下！」追著他跑走了。

看來他好像誤會我的話了。在他們看來，我可能是這間學校的主人之類的。

要是這樣的話最好，他們就不會晚上來學校了。

我保持巨大的型態，望著他們穿越校門倉皇逃走，不愧是運動社團的成員，跑得還真快，一下子就不見人影。

我用不知道有沒有的肺部深吸了一口氣，然後吐出氣息，看來算是結束了。以怪物的型態抬頭望天，全身的緊張慢慢鬆弛。

太好了，我贏了，趕走元田他們了。

讓全身去品味這種感覺，心中再度浮現井口同學說我像小孩一樣的想法。

夜晚的我，一定所向無敵。

只要有想像力，就連太空也能去吧，我心想。

想起被我吞進去的那個傢伙。不行，現在不是得意的時候，被我吞下去的東西在裡面會怎麼樣這可很難說。要是如我想像的話，一定就跟在太空中漂浮一樣吧。

我本來想回到教室，轉念一想，改變主意到屋頂上去。要是吐出來的時候不小心打破窗玻璃就糟了，日光燈都已經打破了一個。

我飛起來，在空中變化成適合的大小，降落在屋頂上。

快點把工具櫃吐出來吧。我突然感到不安，想著體內像宇宙一樣，要是裡面沒有空氣，矢野同學窒息死了可怎麼辦……之類的；要是裡面有黑洞，把工具櫃壓扁了可怎麼辦……之類的。

……害怕也沒有用，總之得吐出來才行。

我鼓起勇氣，想像自己慢慢把工具櫃從嘴裡吐出來。這時四方形的櫃子從嘴裡分開黑點出現了，總之沒被壓扁，可以暫時安心。

在把櫃子全部吐出之前，先用尾巴支撐著，慢慢地放在屋頂上，這個櫃子也沒想到會上屋頂來吧。

接著就是矢野同學有沒有窒息的問題了。

工具櫃在月光的照耀下看起來十分詭異，我站在櫃子前面，等待了幾秒鐘，裡面沒有動靜，我用尾巴抓住把手，戒慎恐懼地打開。

矢野同學眼睛緊閉，站在裡面。

難道死了嗎？我擔心地望著。

矢野同學睜開眼睛的時候，我感覺好像聽到了「啵」的一聲，嚇得我往後一跳。

她眨了好幾次眼睛，踏出工具櫃，噘起嘴來。

「嗚。」

「…………嗚？」

「嗚嗚。」

「……」

她要說什麼啊？我走近矢野同學一步，豎起耳朵。

「嗚嗚、嗚嗚嗚、嗚嗚嗚嗚、嗚嗚嗚嗚嗚哇啊啊啊啊啊啊！」

她突然大叫起來。

我完全沒有對應噪音的心理準備，身體以受到驚嚇的比例膨脹痙攣了起來。

矢野同學完全不理會我，呼出一口大氣，然後又深深吸氣，「哇」地張開嘴。

「哇啊啊啊啊啊啊啊啊啊！」

她就好像壞掉的玩具一樣大叫，同時蹦跳了起來。臉上掛著微笑的表情，難道是因為被怪物吞下去所以發瘋了嗎？我開始感到害怕。

然而，似乎好像不是這樣。

「好嚇人，啊！好，嚇，人，啊！」

矢野同學在屋頂上繞著圈子奔跑。

「差點就，被發，現了啊！」

她來到我面前，張開雙臂，臉上掛著微笑大叫。

「我還被吃，掉了啊！」

「安靜一點，妳太大聲了。」

雖然我的聲音也不小，但她反而叫得更大聲了。

「嚇死我，了啊啊啊！」

她完全不聽我的勸告，讓我有點不爽了。

「矢野同學啊。」

「怎樣！怎樣！」

「我才快嚇死了好嗎！妳不僅露了臉還說了話。」

「就，是吔就，是吔！」

「就是個頭啦……」

看就知道我有多無言以對。但矢野同學還是一副很樂的樣子，微笑著搖晃身體。搖搖晃晃，搖搖晃晃。

看著她的樣子，我不由得噗哧笑出來，一定是因為驚訝得啞口無言只能笑了，當然也是因為興奮的緣故。

「真的，搞什麼啊。」

自己也知道，這句話完全沒有責怪的意味在內，我一定也開始覺得，這個奇怪的同班同學很有趣了。

當然，這是因為今晚沒有出事，要是有下次的話，我一定得堅決指正她才行。

但我想有下一次的機會應該不大，所以現在就沈醉在勝利的氣氛中也無不可，矢野同學興奮得手舞足蹈這點，我似乎也能理解。

默默地看著矢野同學的舉動，她就像精力充沛的孩子一樣，踏著奇怪的步伐又蹦又跳，最後好像體內的興奮消耗完畢一樣，突然停了下來，聳著肩膀喘氣，不知怎地開始研究自己的雙手。

「發，麻了。」

「妳玩夠了嗎？」

「好恐，怖。」

「……矢野同學果然很奇怪啊？」

聽到我像朋友似地吐槽質問，矢野同學呼吸急促地把頭傾向一邊。

「什，麼？」

我用尾巴指著她。

「什麼什麼啊，矢野同學果然很奇怪。」

「我才不奇，怪呢。」

她搖頭用力得好像腦袋都要掉下來了，看她這個樣子我又笑了起來。

「剛才在教室裡的時候也是，現在也是。」

「嗯——？」

「妳的表情。」

我趁勢說出心裡一直以來的想法。

「表情？」

「一面說害怕，還能一面那樣笑，絕對太奇怪了。」

我壞心眼地取笑她，因為她讓我擔心，這樣報復她一下也不為過吧。就像是不用在乎這種話會不會傷害到她一樣，好像跟朋友說話一般。

矢野同學瞬間愣了一下，然後她摸了一下自己的臉。

「啊，喔。」

她似乎明白似的喃喃道。

「我，啊，我害怕，時會勉，強笑。」

矢野同學像是之前都忘記告訴我一樣，將摸臉的手移到嘴上說道。

「這樣，微笑微，笑。」

她試著把嘴角往上推。

微，笑？

「……哎？」

微笑，微笑。矢野同學把嘴角往上推到極限。

那是，看慣的笑臉。每天都看到的，奇怪的笑臉。

「這算習，慣吧，一直都這，樣的喔。」

矢野同學一面揉著自己的面頰一面說。

一直這樣？不管什麼時候？

我用混亂的腦子思考著矢野同學話中的含意，覺得體內的興奮好像一下子被夜風吹走了。

「哎？」

她在，微笑。矢野同學現在，在我面前微笑。

元田用寶特瓶打她的時候，她也微笑。

每天徒勞地跟同學打招呼的時候，也微笑。

問她為什麼對井口同學動手，她說：「不知道」時，也微笑。

第一次看見變成怪物的我，也微笑。

矢野同學在笑……

同儕意識的意義改變的那天也……

我，感覺無法呼吸。

「怎麼，啦？阿達，同學。」

矢野同學的聲音聽起來很遙遠。

我感到腦中在此之前的記憶一一沈澱下來。

她無數次擺出那副笑臉，一直懷疑她到底為什麼能夠那樣笑，也以為是因為她腦子不正常。還認為因為她生來就跟我們不一樣，所以才能那樣好像很愉快似的，完全不顧周遭氣氛一直笑著。

因為她跟我不同，所以會這樣也很正常。

我覺得我很明白，明白了就好。

「阿達，同學？」

她手機的鬧鈴正好在這個時候響了。要是那些傢伙在的時候響起來該怎麼辦啊，這種話我就不說了。

「總，總之先把工具櫃放回教室裡去。」

被鬧鈴喚醒的我再度把工具櫃吞下去，已經做過一次的事，再做起來就容易多了。

我們把工具櫃歸位，從夜晚的學校放學。

「再，見。」

矢野同學在校門口跟我告別。

我什麼話也說不出來，也沒有看著她的臉。

「謝，謝。」

她跟我道謝，我也只「嗯」了一聲，就高高飛上天空，離開當場。本來想就這樣去別處的，但卻想起了多餘的事情。

望著矢野同學跨上腳踏車，我想起來了……

前幾天她回家的時候，分明沒有別人看見，她卻露出了微笑。

然後，我又發現了一件事——矢野同學對著夜晚的我，已經不再微笑了。

我心想，晚上不能再來學校了。

跟平常一樣的早上，應該沒有任何問題的日常。

我不去看一面跟大家打招呼，一面走進教室的矢野同學。她被橡皮圈攻擊的時候、其他女生說她壞話故意讓她聽到的時候，我也完全不看她。反正她一定還是平常的那副表情，我也不用看了。

跟平常不一樣的，就是我知道內情。

這種事情只要我願意，愛怎麼處理都可以，我決定今天要完全不在意她。

今天還有三件比矢野同學更令我在意的事情，還是注意那些事吧。

第一，元田今天沒來學校。想想也是，經過昨天之後，今天他會來才奇怪。跟別人說自己看到了怪物，也不會有人相信，相信的人才有問題。

然後昨晚破掉的日光燈，完全沒造成任何問題，搞不好是學校方面不想引起奇怪的傳聞，所以默默處理了也說不定。但我很在意。

最後，就是棒球社團活動室的窗戶，昨天晚上又被打破了。

「一定是元田打破的，怕被發現所以今天就沒來學校了吧。」

笠井他們笑著如此說道。

只有我知道事情八成不是這樣，也擔心是不是有人看見真正的犯人其實是怪物。

我不想再幹把入侵者趕走這種麻煩事了，而且我晚上也不來學校了。

第二堂課結束後，休息二十分鐘，決定去看一下日光燈。我假裝要去上廁所，默默走出教室。這麼想來，日光燈應該早就已經換好了吧，但不知怎地我還是想看一下。

不，其實多半是想找個藉口離開教室，所以才想去看日光燈，就跟找藉口潛入學校的元田他們一樣。

我爬上四樓，日光燈果然已經換好了，又順勢上了五樓，看看昨天晚上是不是有留下什麼痕跡，卻看不出有什麼特別不對的地方。

我在五樓上了廁所，然後打算回教室，下樓的時候，在四樓樓梯上跟上樓的同學擦身而過。我心想，被人看見從五樓下來有點不妙，但是她的話應該沒關係吧。

「喲，去圖書室嗎？」

「嗯。」

綠川一副我明知故問的樣子，點了點頭。我打算試著跟她多講兩句話，我知道這也是不想長時間待在教室裡的藉口。

「妳在，看什麼？」

我問道，綠川把手上的書了遞出來。我其實只是隨便問問而已，沒有多想，但瞥了她手上的書一眼後，大吃一驚。

「哈利波特！」

「嗯。」

「……書也好看嗎？」

「嗯。」

綠川點頭，我稍微放心了一點，沒有任何意義的安心感。

會話中斷了，要是綠川不主動說話，拖延時間就只能到此為止。就在此時，她瞥向通往五樓的樓梯方向。

「啊，嗯，我剛去整理了一下頭髮，不想讓人看到。」

我隨便編了一個藉口，綠川「嗯」了一聲，點點頭。

這是對什麼的肯定表示嗎？

是喔，原來這是你的藉口啊的「嗯」嗎？要是這樣的話，笠井會很失落吧。

既然會話要繼續下去，不如趁機替朋友說點好話。

「對了，今天聽說棒球社團活動室的窗戶又打破了。」

「嗯。」

「啊，妳知道嗎？高尾的腳踏車也被偷了，最近真是不平靜。」

「嗯。」

「之前中川的便鞋也被人惡作劇，大家都生氣了，覺得搞不好是矢野幹的，但笠井說沒有證據。那傢伙平常好像什麼也不想，原來這種事他都有仔細考慮啊……」

綠川什麼也沒有說，但她也沒有點頭。是我話題轉得太僵硬了嗎？從她的反應完全看不出她是怎麼想的。

算了，還是就此打住吧。

「那我們回教室見。」

我從綠川身邊走過，樓梯下了兩三階的時候——

「笠井同學是壞人喔。」

我一時之間不知道是誰在跟我說話，轉過身，這才意會到那是綠川的聲音。

綠川跟我四目相交後，立刻轉身往圖書室的方向走去。

除了上課回答問題的時候，我真的已經很久沒有聽到她的聲音了。

笠井是壞人，哎？

不知道綠川說的話是什麼意思？我就這樣望著她的背影在轉角處消失。

這一天，我死命思考綠川想跟我說什麼，卻完全不明白。

雖然想過難道是……，但想這種不可能的事情並不好。

今天發生的事，只有這一件比較特別。

然後，就是井口的書包上，還是沒有龍貓的蹤影。

星期四・夜晚

屋頂上的風，不管什麼時候吹起來都很舒服。

明明都說了不再來的，我自己心裡也這麼想。

我待在學校的屋頂上，只是擔心元田他們又來，以防萬一而已。

我確認了矢野同學待在教室裡，然後讓分身守在教室前面，但自己並不打算跟矢野同學見面。

跟昨天不一樣，安靜的學校。

我一面吹著夜風，一面思緒翻騰。

今天綠川同學說的話，她為什麼跟我這麼說呢？

她看哈利波特，我想問她的感想。

笠井會說什麼呢？

棒球社團活動室的窗戶破了。

昨天跟笠井他們你追我跑的時候，他們知道我們教室的門沒鎖，可能是因為我來之前他們就進去過了，而矢野同學也是因為這樣所以才躲進工具櫃裡。

既然如此，還在櫃子裡答話真是太大意了，蠢也要有個限度吧。

………搞什麼啊。

…………

害怕嗎………

到頭來不管想什麼都會回到這一點上。

我對聽到矢野同學的話的自己感到恐懼，是跟她所說的害怕不同種類的恐懼。也擔心自己因為聽到了她說的話，會開始跟班上同學不同步。

思考的方式不同了、認知不同了，不知何時可能會說錯話、做錯事。

就像以前無意間做錯事的井口同學一樣，我可不能危害到自己每天的學校生活。

那樣可不行。怪物咬緊牙關下定決心。

哪一派？我好像聽見了她的聲音。

我可不是矢野同學派。

最後，晚休時間終於結束，矢野同學打開教室門的時候，我讓分身消失。就算我不來，矢野同學也享受了她的晚休時間，然後回家。

我現在終於發現，不知從何時開始，晚休時間好像也已經成為我晚上活動的重心。

我覺得這樣不行，便去各處遊玩到早上。

沒有任何人知道，我是怪物。

星期五・白天

我在鞋櫃那裡碰到了工藤，她露出犬齒的微笑讓我覺得稍微好過了一點，但不到五分鐘就又消沈了下去。

「早，安。」

我跟工藤一起走向教室，碰到從樓梯上走下來的矢野，她今天也精神飽滿地打招呼。

我也跟以往一樣，不予理會，甚至連矢野同學的臉都不看。

工藤自然也不予理會，當然如此，因為這是我們班上的共識。而矢野也並不期待我們回答，很快走下樓梯。

這樣接觸就結束了。我正覺得鬆了一口氣的時候，工藤轉身朝矢野走下去的方向，把手上的拿鐵利樂包扔了過去。我是聽到便鞋在地板上的摩擦聲才轉過頭，工藤的行動是我想像的，但估計八九不離十吧。

利樂包命中矢野的後腦，內容物雖然已經空了，但吸管裡殘留的拿鐵飛濺到矢野的頭髮上。

「痛！」

聽到矢野的聲音，工藤轉回來朝我露齒一笑，繼續剛才的話題。

「然後啊，」

好危險。不過我還是設法「嗯」了一聲，和工藤一起重拾剛才的步調前進。

也就是說，跟同班同學碰面，愉快地一起聊天走向教室。我讓自己回到了原狀。

進入教室，回想起剛才發生的事情，察覺其中的意義，不禁害怕起來。我搞不好已經開始跟大家不同步了。

工藤本來就好像沒注意過矢野一樣，很自然地完全不理會她，只有在人家唆使，或是矢野侵犯到工藤的領域時，她才會出手。她對矢野是這種剛好在班上正中央的價值觀跟態度。

然而，工藤剛才卻做出那種事。難道是因為井口和中川的事件，刺激了大家的同儕意識和行動意願嗎？

我糾正自己的姿勢，得小心謹慎，決定自己如何行動，一個不小心，可能就會被班上同學視為異類。

我這麼想著不由得緊張了起來，這時某個我行我素、完全不像我一樣會擔心這種事的傢伙笑著走近。

「元田是不是被怪物吃掉了靈魂啊？哈哈哈——。」

笠井開朗的笑聲救了我。

雖然是開玩笑，但仔細想想笠井說的話好像也有道理。他要是因為被我威脅了而不來學校的話，或許可以說是靈魂被吃掉了也說不定。

笠井拿出手機，讓我看他昨天拍的野貓照片，那是我在晚上看到過的野貓。

我們聊起自己喜歡狗還是喜歡貓，笠井說喜歡貓，我順著他的話說自己也喜歡。就在此時，走廊上出現了碩大的人影。

「笠井，沒收。」

是四班的班導。

「什麼，真的假的！」

面對嚴厲的老師，笠井也毫不畏懼地叫道。趁著這個機會，班上好幾個人把手機藏在口袋或抽屜裡。

「當然啊。」

「這種重要的東西誰都想自己保管啦。」

「既然這樣就放在家裡，不要帶到學校。好了，快點交出來。」

笠井不情不願地把手機交到老師伸出來的手上，嚴肅的老師把手機交給我們班導，然後就走了。

「搞什麼啊，大家都帶著手機，中川也是啊。」

笠井懊惱地說，還想拉別人下水呢，真是的。

我望著笠井忿忿不平地走到位子上坐下，終於發現之前在意的事情意味著什麼了。

原來如此，原來是這樣啊，所以井口書包上的龍貓才會不見了啊。

因為是重要的東西，所以可能會落到自己無法管理的地方。我偷瞥了井口一眼，她正聽著其他女生的話微笑點頭。

雖然關係已經修復，但井口已經在同儕意識的外圍了。

我明白了，她也……感到害怕吧！

我立刻阻止自己想下去。

只不過，明白了井口行動的意義之後，晚上總是在玩手機的矢野同學，白天不這麼做完全可想而知。她親身經歷過，重要的東西可以利用來傷害別人。

就在此時，綠川帶著圖書室的書進入教室。

「早安。」

「嗯。」

她還是只這麼回答。

我們班上，唯一被允許可以跟大家不同步的綠川。我偶爾會想到她，但並不覺得羨慕，因為她要是走錯一步，也會落得跟矢野一樣的下場。只不過她剛好成為被害者，又長得好看，從不畏畏縮縮，所以處於不會被責怪的位置而已。她也可能不知道什麼時候，就會從那個位置上下來。

說不定綠川自己應該也很清楚這一點，所以才每天去圖書室借書回來。我還以為她好可憐，不敢把家裡的書帶來學校呢。

如果這是她的戰略，那還真是成功到令人討厭的程度。

上課鈴聲響了，班導走進來，叫笠井下課後到教職員室去，話才說到一半矢野慢吞吞地走進教室。

「在上課鈴響前坐好。」

老師一面嘆氣一面說。

「好——」

矢野只回道，然後在位子上坐下。

她一直就是這樣，平常班導也懶得說她，但今天不一樣。

「妳啊，要是今天是考試的日子該怎麼辦？也像這樣說好——就了事了嗎？」

我在心中吐槽，要真是考試當天，應該不會這麼散漫吧，但同時也覺得矢野就算在那種日子也可能跟平常一樣遲到。

「喂，矢野。」

煩人的說教。我心裡這麼想，但接下來老師怒吼起來。

「笑什麼笑！」

我像變成怪物的時候一樣，覺得全身顫動。

接下來就是漫長的說教。

一開始是針對矢野個人，最後變成全班的問題，還講到笠井玩手機，大家有沒有自覺，知不知道本分等等，一直講到第一堂課前的休息時間，差一點上課鈴就要響了。

第一堂課就在沈重的氣氛中開始。不得不置身於這種氣氛之中，大家都坐立不安，於是便將這一切自然都怪到讓老師開罵的傢伙頭上。

之後的發展也就不言自明了。

星期五・夜晚

今天晚上跟昨天晚上沒有什麼不同。

除了我的心情之外，一切都很平靜。

星期一・白天

自從會變成怪物之後，我就沒有「醒來」這個動作。

夜晚跟白天的界線是由身體的形狀來決定的。一般來說，身體變回人形是清晨四點到五點，太陽即將升起的時候。當然，我以怪物的型態回家時，家裡沒有人起床，距離吃早飯去上學還很早，時間非常充裕。

我試過好幾次，想縮在被窩裡睡兩個小時左右，但翻來覆去睡不著的當口，樓下就飄來了咖啡的香味，後來我就放棄睡覺了。

今天我也自己一個人在房間裡，坐在床上等待時間流逝。要是開燈，走廊上會看到光線，家人搞不好會抱怨，所以我在黑暗中拉開窗簾，靜靜地度過。

從星期六開始一直都是陰天。

以前我曾經用手機的燈光看漫畫，但最近沒有心情，做完作業之後，就跟裝飾品一樣待在房間裡殺時間。

這段時間要是能什麼都不想就太好了，然而設法什麼都不想並不輕鬆。電影裡武林高手說的什麼無心，一定需要高深的修行才辦得到。

我往後倒在床上，望著天花板，雖然不闔眼，但感覺身體多少休息到了。

如果一定要東想西想的話，就想些有趣的事情吧。我雙手交疊在腦後，想像明天晚上。

到了晚上，我一定還是會去學校暗地守護矢野同學，然後自由地消磨時間。那今晚要做什麼好呢？

想像著各種目的地跟消磨時間的方法。這個週末我去了好幾個小島，飛越海洋到達的島上自然環境豐富，那裡的人們過著跟我平常毫無關係的生活。除了貓狗之外還有很多別的動物，但一看到我，牠們就都逃跑了。

接下來，要不要挑戰國外呢？亞洲國家的話，雖然不能久待，但我覺得應該到得了。要是能成功的話，在那之後就能環遊世界了。

我這麼想著，突然發現了一件事。

我到底能持續到什麼時候啊？

我的思考是以夜晚發生的怪事會一直持續下去為前提，現在我才終於察覺到。

但是，並非如此。到了夜晚就變成怪物這種奇怪的現象，不知道會持續到什麼時候。

趕走元田他們的那天晚上我也想過，就算哪一天回到普通的夜晚也不足為奇，失去夜晚的自由也不足為奇。

心裡明白，卻還是希望能盡可能持續下去。但那所謂的盡可能，到底是多久呢？國中結束的時候？高中結束的時候？大學結束的時候？變成大人的時候？

雖然我並不確切明白，但能夠的話，希望能持續到我自由的時候、在這種拘束感消失的時候。在那之前，我希望還能變身成怪物。

但那到底是什麼時候呢？

——**長大成人以後，會比較自由一點。**

能登好像如此說過。

真的嗎？

就算是真的，那是要到幾歲？

還要幾年呢？

那不只跟我變成怪物有關，我還得繼續守護同班同學多久，讓她的夜晚不被人破壞呢？

矢野同學在夜晚溜進學校的生活，還能持續多久呢？

這要持續到什麼時候呢？

並不只是好像會發生什麼事。

不會察言觀色的矢野讓人不愉快。

綠川不想跟別人交流。

元田跟中川傷害別人就沾沾自喜。

井口已經不相信周圍的人了。

這些都要持續到什麼時候呢？

比方說，我們從這間學校畢業之後，就會結束了嗎？

我們分別上了不同的高中，這個班上的事情只存留在記憶裡的話，我們的待人處事、個性、信賴跟扭曲的興趣等等，也會改變嗎？

這個答案，有人知道嗎？

我再度遷怒般地思忖著。能登說的話真是太不負責任了。

同時也想到現在不是擔心別人的時候，我自己都自身難保了。在教室裡要小心不能出錯，要跟大家同步。從今天開始一個星期，又得過著小心翼翼的生活，光想像就覺得冷汗直流。

沒問題，我還有夜晚。

安慰著自己，左右移動身體的時候，大家開始活動了。

上學的時候又碰到下雨，本來星期一就已經夠鬱悶了。

我撐著傘往前走，心中咒罵著天氣。要下雨就不能晚上再下嗎？

我有一搭沒一搭地想著今天一天的排程，一面往前走。星期一開大班會、英語、數學，應該不會是特別難熬的一天吧。

問題是班上全體會不會持續上週五的氣氛？我要是不好好體察，一下子就會跟班上不同步，馬上會被排除到同儕意識之外。

是在裡面還是在外面，就跟白天和夜晚交替一樣變換迅速，但卻跟人類和怪物一樣，迥然不同。

我非得選擇正確的行動不可。

其實光是我在天亮的時候想的那些事情，搞不好就已經開始算是不合群，不能被原諒了。

我非得，小心不可。

「阿達——」

有人叫我的名字，回過神轉身，看見開朗的笠井。

「你肩膀都濕透了啦。」

我心不在焉，好像沒把傘撐好。拍了拍左肩，端正姿態，身體跟心靈都一起。

「阿達走路，好稀奇喔。」

「是嗎？下雨的時候我都走路來啊。」

「哎——是這樣嗎。」

笠井家離學校比較近，他一直都是走路上學，放學的時候常常坐別人的腳踏車。雖然校規禁止兩人騎同一輛車，但只要踏出學校一步，校規就好像失去了意義。

今天我們也穿越雨天特有的車隊，一面避開積水一面前進，平安無事地抵達校門口。

平安無事。我在心中默唸，幾乎要嘲笑起能這麼樂觀思考的自己。現在開始才是戰場呢。這樣說來，從這裡開始就是地雷區了。

笠井毫不在乎地穿越校門，完全不把地雷放在眼裡，朝校舍走去，他還是跟平常一樣厲害。

我就辦不到，我沒有跟笠井一樣過日子的能耐，只能小心翼翼不踩到地雷，慎重又慎重，並且還不讓人察覺到我的慎重才行，要不然就會暴露而被排擠。

即使感受到步步為營的拘束，卻也無計可施，這是我個性的問題。

雖然如此，偶爾還是會像今天天亮時那樣，想著這要持續到什麼時候啊。

我好像要甩掉頭髮上的雨水那樣搖頭，想把軟弱的思考也一起甩掉。

只要小心點過活就可以了，只要選擇正確的方式就可以了，沒什麼困難的。

我在校舍入口小心地把傘收起來，以免雨滴濺到別人的制服上。

我聽到早早就把傘收起來走進去的笠井開朗的聲音。

「喲喝——阿能，妳要出去啊？」

「不要叫阿能。」

笠井用傘咚咚地敲著地面，在我們班的鞋櫃前面和能登鬥嘴。我看見能登拿著傘跟皮包，正在穿鞋，要是笠井說得沒錯，她剛剛從保健室出來吧。

「安達同學也早安。」

「早安。」

「一年級的孩子騎腳踏車摔倒骨折，被送到醫院了。」

「這妳不用管吧？」

「笠井骨折的時候希望別人不用管嗎？我不在的時候也有其他老師在的，你們倆都要好好上課。」

能登說完很快走了出去。

「保健老師還要做這種事啊。」

笠井望著她的背影，滿不在乎地說。

「但是她好像很輕鬆，做點事也無妨吧。」

的確，保健室老師好像很輕鬆。

其實我用不著再想下去的，人活著並不需要思考自己所見範圍之外事情的想像力，想那麼多只是白費功夫。笠井很清楚這一點。

我在鞋櫃處脫下運動鞋換上便鞋，跟平常一模一樣的一週就要開始了。

跟平常一模一樣。我並不特別喜歡，也不特別討厭，只不過，我得小心注意不讓這種並不特別差的日常破壞了我的每一天。

其實真的什麼也不需要多想，什麼自由的地方，什麼變成大人以後……，只要正確地過著每一天，比小心不要出車禍還簡單。

只要不去做自己不該做的行動就好，也不用去想這要持續到什麼時候。必須保護的，就是自己能夠正常地來學校上課和休息的場所而已。

只要讓不特別差的日子不要惡化就好，自己一直保護得好好的立場，此後也得保護下去不可。

至少身為人類的我辦得到。

這跟變身成怪物時不一樣，要是運用想像力的話，就沒法專心做自己了。

跟平常一樣，只要跟平常一樣行動就好。

跟平常，一樣，做，正確，的行動。

我下定決心，抬頭挺胸，跟著笠井一起上樓，沿著走廊往前，走進教室。

就在此時，有個東西飛過來掉在我腳邊。

不知道事情的經過、不知道發生了什麼事、不知道為什麼，那個東西掉在我腳邊。

這個時候，我還不知道那是什麼。

只不過，除了笠井以外，教室裡所有人的視線，都集中在我腳邊的東西和我身上。

我心想，這到底是什麼啊？瞥向地上隆起的白色紙袋，起皺的紙上有一行字。

——矢野皐月。

這是矢野的。

當明白的瞬間，從天亮時就一直思考的各種念頭在我腦中翻騰，一切都變得一片漆黑，我覺得井口的遭遇在黑暗中浮現。

不，其實不是井口，是襲擊井口的，更嚇人的東西。

為什麼，要在今天啊？

我再度望向教室裡大家的面孔，在場所有人都看著我的舉動。

在那當下，矢野「啊」了一聲，朝我這裡跑來。

冰冷的東西，沿著我的背脊流下。

做正確的事——

我沒辦法用「沒想到」當做藉口。這樣想來，哪有這麼偶然的事情。

仔細看清腳邊的東西。雖然時間很短，但我自己思考、判斷，並決定了行動，我抬起右腳踩了那個白色的袋子。

喀喳，裡面的東西發出了聲響。

那個聲音好像解除了什麼魔法似的，我踏出的一步讓教室裡的時間再度開始流動，大家轉開視線，做各自的事去了。

這是我的嫌疑洗清的聲音。我安心了，身為班上的一份子，採取了正確的行動。

我繼續踩踏紙袋的腳步，走向自己的座位。

我明白。本來這是會受指責的行為，但在我們班上，這應該是正確的作法。我只是跟平常一樣做了選擇，朝這個班上正確的方向前進而已——我這麼告訴自己。

我一面拚命壓抑狂跳的心臟，一面把書包放在桌子上。隔壁的工藤突襲我的肚子，我以為是某種懲罰嚇了一跳，但她卻露出爽朗的笑容。

踐踏別人的東西，工藤也知道這是不對的行為吧，不止工藤，班上的同學大家都應該有這種常識。但是工藤卻在笑，而且沒有任何人責備我，這是因為我採取的行動是正確的。

對矢野的嫌惡和憤怒的程度，在這個班上遠超過常識。這種程度非常重要，而我很明白。

然而，應該很明白的我卻無法以這是合群的行為來安慰自己，心臟反而跳得越來越快。

這是因為只有我，只有我跟矢野知道的事實，正在干擾我做正確的事。

我全身發熱，心臟所在的地方正在暴動。

要是能夠的話，我現在就想逼問矢野，為什麼啊？重要的東西，不要帶到白天的學校來啊。

那個隆起的白色紙袋裡裝著什麼東西我不知道，但我知道不能遲疑，也沒想過要遲疑。

雖然那個東西是要做什麼用的，我應該明白才對。但，我還是踩下去了。

「啊！」

矢野叫著把袋子撿起來，打開白色的袋子看裡面。

「破，掉了。」

她說著啪嗒啪嗒地走向教室後方，把袋子放進自己的置物櫃裡。我和開心的工藤一起看著她。

這不只是我的想像力在作祟。只不過，看到那個袋子，我就明白了，完全不需要想像力。

現在，我第一次知道，自己心裡有罪惡感的那個地方在哪裡。而那裡不斷膨脹，好像要爆炸了。

被我踐踏的白色紙袋上腳印的下方，有著起皺的字跡，除了矢野之外，還有另外一個名字，而我也看見了。

——至能登老師。

是「致」吧。

真是拿她沒辦法，我在心中反覆思忖。

非得白天才能給她，所以不得不帶到學校來。

上學的時候沒有交給她，反而帶到班上去，可能是因為能登老師去照顧受傷的一年級學生，她去保健室沒碰到人吧。

我只聽說是這個星期，並不知道今天就是能登老師的生日。

但是這對消除罪惡感一點幫助也沒有，所以夜晚的我，就去道歉了。

我沒辦法跟白天的她道歉，那至少晚上去。變成怪物的我，起碼能這麼做。

好久沒見到晚上的矢野同學了，而且還是第一次因正事要去見她，有點緊張。

搞不好她今天不會來，這種可能性確實存在，而且還下雨，甚至是因為我做的事而沮喪也說不定。

要是矢野同學今晚在的話，我也遲疑著到底要不要道歉。就算她說：「要道歉的話就不要做那種事。」我也無話可說。

我做的事以身為班上的一員來說並沒有錯，但要矢野同學理解卻很勉強。

而且我還很不安，要是她只是抱怨的話還算好，若是矢野同學有超過抱怨的反應，那我該怎麼辦呢？

我想起，矢野同學的臉。

等待著比平常略遲的變身結束後，便立刻飛往學校。我運用想像力製造出巨大蝙蝠一般的翅膀，在天空中飛翔。

矢野同學要是看見我的翅膀，一定會很開心吧。我帶著贖罪的心態思忖著。

我跟平常一樣抵達學校，在屋頂上降落，回憶起第一次來這裡的心情，然而現在並沒有當時的興奮，只有跟當時同樣的緊張。

今天夜晚的學校也很安靜，白天吵成那個樣子，充滿了人類的體溫，而閉鎖的校內，夜晚連窗子都沒打開，卻感覺比白天開放得多。

因為我是怪物，因為現在這裡沒有別人。身為人類的我被正義感、惡意和同儕意識拘禁，而非天花板或牆壁。

矢野同學絕對比我更覺得備受拘束，喘不過氣來。

原來如此，所以她才到夜晚的學校來呼吸也說不定。

這個時候，自己第一次明白，她所說的晚休時間是什麼意思。

我來到教室前面，還沒做好心理準備就把門打開。要是等我有心理準備時，大概會一直沒法進去。

矢野同學跟平常一樣，在教室裡坐在自己的位子上，她望向這裡，傻傻地張開嘴。

「哇——好久、不見——」

我只有兩個晚上沒來，算上週末也不過四天。矢野同學對時間的感覺，可能和我不一樣也說不定，她可能覺得白天特別漫長。

「嗯，好久不見。」

我往教室後方移動，把身體縮成適合的大小。

正當思索著該怎麼開口，矢野同學把手機放進口袋裡，轉身面向我。

「喂，」

她是不是要因為白天的事情責怪我，我不安了起來。

「你去了，什麼有，趣的地方嗎？」

我錯了，跟平常一樣唐突的詢問。

她指的應該是晚上，我點點頭。

「去了很多地方。」

「哎——」

「但是沒有什麼特別有趣的。晚上去了觀光景點，到處都沒人。神社的話，好陰森。」

「憑你這個樣子，膽子還，這麼小。」

我再度覺得矢野同學又說錯話了。「憑」這種說法很容易讓人誤會或不愉快，但是今天我就不說她了。

「阿達，同學，歐洲跟亞洲，哪一派？」

「為什麼是這兩種選擇？哪裡都沒去過。」

「這樣啊，我想，過了。晚上你這個樣子去外，國的時候因為時差，變成白天要怎麼辦，啊。」

「的確，會怎麼樣啊。」

我完全沒想過，但矢野同學的問題我確實想知道答案。

「要是在海上，變成白天的樣，子就糟糕，了啊。」

「……太危險了。」

今天凌晨，我也想過能不能去外國，看來好像還是不要嘗試比較好。

「阿達，同學能用想像力，操縱時間，嗎？」

「不行的。跟我自己沒關係的事情應該辦不到。」

就算是夜晚的我，也有辦不到的事。

「這樣，啊。」

矢野同學明顯地覺得非常可惜，簡直像是故意裝出來的一樣，她抬頭望著天花板，呼地嘆了一口氣。

「要是能一直待在晚，上就好了。」

「……………」

我隱藏起全身的騷動。

要是能一直待在晚上——

這對矢野同學來說，應該是迫切的願望吧。

但那是不可能的。對她而言，猶如地獄開端般的早晨，一定會到來。

沒有不會天亮的夜晚，這是絕對不會實現的願望，實在太令人痛心了。

試過了嗎？她會不會這麼說呢？

很可惜，要是我的想像力能讓夜晚一直持續下去的話，應該早就實現了吧。

在遇見夜晚的她之前，就已經是那樣了。我也覺得要是夜晚能一直持續下去就好了，我一直希望夜晚不要結束。

然而，太陽總是會升起，我會變回人類的樣子，換衣服，吃早餐，去上學。

連並不是真的討厭學校的我，都這麼覺得，所以非常明白矢野同學的話，並不只是一時衝動而已。

要是我能給她用想像力實現願望的力量就好了。

比我強烈不知多少倍的願望，或許能讓夜晚永遠持續下去。

「那今天要，做什，麼呢？」

她似乎沒有察覺到我的不安。

「哪能做什麼。」

我今天的目的是來道歉的，當然沒有想好要做什麼。

雖然沒有想過，但矢野同學的話讓我稍微安心了一點。她並沒有因為白天的事而特別消沈，還是跟平常一樣和我說話。可能明白我的舉動是大家都在做的事情的延伸，是不得已的。

即便如此，我還是沒想到要怎麼跟她開口。

「棒球隊社團活動室的窗戶好像也沒被打破。」

「大概沒，來得及。」

「什麼？」

「去體育館看，看吧。」

矢野同學不理我的疑問，直接說出自己的希望。跟平常一樣，跟平常一樣。

我覺得體育館可能也不錯，比這裡開放的空間，可以在沒那麼嚴肅的氣氛下道歉，自己的尷尬也可以設法搪塞過去，因此我接受了矢野同學的提議。

「阿達，同學沒有，意見嗎？」

「晚上的學校，我並沒有特別想去的地方。」

「這，樣啊。」

矢野同學的話，搞不好有否定我本性的意味在。我心中掠過這個念頭，一定是我想太多了。

我先讓矢野同學走出教室，然後把門鎖上，製作出分身，派它先行去察看。

「好方便啊。」

矢野同學已經見過好多次了，還是如此說道。

我們走下樓梯，前往體育館，經過我之前踢了矢野同學一腳的地方。

走廊盡頭，體育館的大門深鎖，我讓矢野同學在門口等，我先進去。

我從液體狀回復成怪物的樣子，體育館裡面感覺起來簡直像是封閉的監牢一樣，雖然四下一片寂靜，但白天體育課和社團活動的聲音，似乎還封閉在這裡。

封閉的感覺讓我害怕，我迅速用尾巴把門打開。

在外面等待的矢野同學並沒有道謝，脫了鞋子就走進體育館，然後用誇張的動作深深吸了一口氣。

「我好像聽，得到聲音。」

從她的動作看來，難道不是聞到味道嗎？我心裡這麼想。但我自己也覺得好像可以聽到聲音，所以就沒說什麼。

我用尾巴把門關上，矢野同學「喔喔喔」地叫起來。

「好黑，喔。」

「嗯。」

雖然緊急逃生口的燈亮著，但體育館裡這種燈光在人類的眼裡看來等於沒有吧。

「等一下。」

我讓矢野同學等待，自己跳上二樓，用尾巴把高處所有的窗簾都拉上，然後開了一排燈，這樣矢野同學應該也能看得很清楚了。希望外面看不到燈光。

回到樓下，矢野同學沿著體育館的牆壁走過來，我把身體變成適當的大小。跟我不一樣，身材嬌小的矢野同學步伐也很小，花了一點時間才繞完體育館一圈回到這裡來。

「喏，阿達，同學把那個拿，下來。」

她指著天花板說道。

我往上看，一開始不知道矢野同學說的是什麼，因為她的手只指著天花板。

「球——」

她這麼說我才注意到，看來我也滿遲鈍的。

想了一下該怎麼辦，然後離矢野同學一段距離，張開翅膀。正如我所預期的，矢野同學在我背後發出「喔、哇」的驚嘆聲。

我振翅飛起，雖然跳起來也搆得到，但這樣也不枉費我特地飛了起來。接著用尾巴把卡在天花板鋼架上的籃球勾下來，要是打到她的臉就糟了，我在球落下前接住，然後在體育館裡繞了一圈才落地。

我把籃球輕輕放在沒節奏的拍手聲傳來的方向，剛好落在矢野同學張開的雙手之間。她仍舊沒說謝謝，逕自把球往地面一拍，可能是施力跟角度不對吧，球往我的方向彈來。我用尾巴接住，扔回去給矢野同學，她轉過身去追球。

做了一會兒非常拙劣的運球以及高度不夠的投籃練習之後，矢野同學好像累了，要不就是厭煩了，她突然走向我把球扔過來。

搞什麼啊。我用尾巴接住球扔回去，這次她接到了，又往這裡扔來。

看來是想玩接球殺時間，這我倒可以奉陪。

來回扔了一陣子，矢野同學好幾次得轉身去追球。在此期間，屋頂上雨點的聲音越來越大，雖然我們被關在裡面，還是受到了保護。

「這孩子，幸好有阿達，同學在。」

矢野同學又突然說了莫名其妙的話。這孩子？

「這孩子，是說這顆籃球嗎？」

「嗯。好好地，以球的身，分活著，了。」

「分明不是活的。」

「可能只是，不說話，活著。」

「太恐怖了，被丟來丟去。」

對話跟投球，我覺得自己好像還滿愉快的。

「搞不好會，出現在哈利，波特的世，界裡。」

「是啦，那裡的畫啊、掃帚啊，都會講話還會動。」

「原來如此所，以那個笨蛋停，手了。」

「什麼啊？」

「但還，是小心，點好。」

「所以到底是什麼啊？」

「阿達，同學，啊，」

仍舊不聽別人說話的矢野同學，運動神經實在太不發達了，一面投球一面說話時，腔調比平常更加奇怪。

「嗯。」

「白天的樣子跟晚上的樣子，哪邊是，真的？」

她是不是比剛剛更用力了？投出去的籃球從我身體上方飛過，重重地落在後面的地上，讓我身上的黑點隨之震動。

「哎？」

「去撿，球。」

矢野同學滿不在乎地指向那邊，我遵命轉過身，用尾巴把球撿起來。

「丟給我。」

我呈拋物線丟出去的球，矢野同學敏捷地接住了。

「人類的樣子派？還是現在的，樣子派？」

「什麼，哎？」

「我在想是，哪邊啊？」

矢野同學拿著球，把話投向我。

「我在想，哪邊，是真的啊？」

她是在指什麼呢？

「我，啊。」

分明沒人問她，矢野同學還是跟平常一樣，又開始自顧自地說起來了。

「我哪邊都不，是喔。哪邊都不，是。白天跟夜晚，都一樣。我完全都，一樣。只是周圍不，一樣而已。周圍的時，間和人、物的氣氛不，一樣而已，我自己白天跟夜晚都一，樣的。兩邊都一，樣。」

「……」

「但是，阿達同學白天跟夜晚完全不一，樣。」

她到底在說什麼啊？

「所以我想到底是哪，邊？」

矢野同學好像扮演偵探一樣，用手指著我。

「沒見，面的時候我想，過了。」

矢野同學開玩笑地說道。

被她指著的黑點默默地震動著，她目不轉睛地望著我。

「我想知，道。」

「……」

我倒抽了一口氣。

她搞不好並沒有這麼堅強、這麼聰明，可能只是單純地疑問而已。

——身為人類的我，跟變身成怪物的我，哪一個是本尊？

之前她也問過我，是不是生來就是怪物，所以矢野同學這種天真的疑問是很自然的。

即便如此，她戲謔的樣子在我看來，像是要掩飾真正的感情。就像中川同學被笠井責問的時候笑起來一樣，是要隱藏別的表情。

是因為我有罪惡感才這麼覺得嗎？

我覺得自己被責備了。在我看來，矢野同學好像是在努力隱藏對我的憤怒。

當然，是針對身為人類的我做的那件事。

她不表露出來，是因為有要保護的東西，跟井口同學和中川同學一樣。她要保護現在的時間。

要是生氣的話，夜晚的時間就被破壞了；要是生氣的話，我和矢野同學之間的關係可能就此完結。

我覺得她可能因此壓抑著感情，試圖引我說出她能認同的合理答案。

雖然我不知道我的想法到底正不正確，我也不知道該怎麼回答矢野同學的問題，才能讓她認同。

束手無策的我，總之只能逃避了。

「對不起……」

我沒有回答她的問題，反而跳過矢野同學的質問，說了她可能真正想聽的話。

雖然這是敷衍，但想想這樣應該就能達成我們倆原來的目的吧，而且我覺得這比隨意地回答矢野同學且掩飾自己真心的問題要有意義得多。

所以老實說，矢野同學提出這個意味深長的問題，搞不好正合我意。

「什麼，啊？」

矢野同學手上轉著球，刻意把頭傾向一邊。果然她是想讓我好好道歉。

本來耍這種小手段會讓怪物覺得不爽，但今天她的情緒是沒有錯的。她生我的氣是理所當然的，畢竟我做了那種事。

但是道歉並非理所當然。白天的我辦不到，晚上變成怪物的我，就辦得到。

於是我以怪物的姿態站起來，對她低下巨大的腦袋。

「對不起。」

「嗯？」

矢野同學仍舊露出大惑不解的樣子，像小孩一樣，骨碌碌地轉動的大眼睛，睜得大大的，看起來很傻。

「那個，」

我才開口想說些什麼，又把嘴巴閉上了。

我需要，勇氣。

我幾乎沒有故意做壞事的經驗，也沒有向故意做壞事的對象道歉的經驗，更沒有完全是自己的責任這種經驗。

但是正因如此，我打算道歉，因為覺得自己不對。

不對……，不對？哪個不對？

「那個，今天，」

哪個？

今天所做的事，都是之前每天都在做的事，到底哪裡不對了？

積極的霸凌，跟消極的霸凌，哪個不對？

元田、中川他們跟我，哪個不對？

矢野同學，跟我們，哪個不對？

「踩了給能登老師的禮物，對不起。」

腦袋裡充滿了不同的言詞和疑問，但我還是對她說出了之前想好的話。因為要是再多想下去，可能連這些話也說不出口，所以我覺得能說出來很好。

但是，我還是因為緊張而移開了視線，接著馬上就發現這樣反而讓人覺得自己的道歉很假，便轉回來看著矢野同學的臉。

看著──，我用八個眼睛，仔細看了聽到我道歉的矢野同學的表情，和她的變化。

矢野的嘴唇抽動，對著我勾起嘴角。

「不要為白天的事，情道，歉。」

沒有，笑。

噘著嘴的矢野同學，說了我以前聽過的話。

老實說，矢野同學的回答在我意料之中。

被我料中。所以這樣就好，就這樣。

其實，我最害怕的不是矢野同學說的話，而是她的表情。

要是她擺出那種只有我知道意義的表情，該怎麼辦呢？

要是她對我露出給惡人看的表情，該怎麼辦呢？

但結果，她沒有露出那種表情。

所以這樣就好，應該是……。然而——

「妳，不笑嗎？」

不知道為什麼，我說了多餘的廢話。

「嗯？嗯？」

「我對妳，做了那種事。」

分明沒有必要問這種問題的，分明沒有必要自掘墳墓的，但說出口的話，就算我身為怪物也無法收回。

矢野同學睜大眼睛，「啊、啊」地刻意拍起手來，然後笑了，而且好像很開心似的，笑了。

不是微笑，是自然的笑容。

「阿達，同學不，可怕啊。」

「…………為什麼？」

我不由自主地反問。

「什麼為什麼，都做了那種，事的說。」

她的聲音在空曠的體育館裡顯得特別響亮，囤積在這裡的白天的聲音和氣味，好像全都被消除了。

「什麼，為什麼？」

矢野同學把頭傾向一邊，大惑不解地說道。

其實我也不知道自己為什麼會這麼問。

「因為，」

「…………」

「阿達，同學有注，意到我，啊。」

我的問題一點誠意都沒有，但矢野同學卻好好地回答了。

不過，我連她的回答是什麼意思都不明白。

「搞不好阿達，同學，啊。」

矢野同學接下來說的話，讓我彷彿五雷轟頂。

「希望我，害怕？」

…………啊?!

「好奇，怪喔——」

矢野同學又拍了一次球，這次球好好地彈回她手邊。

籃球擊地的聲音，好像打破了我心中包覆的一層膜。

我察覺到了——。膜裡的真實一口氣從腦中溢出，讓我全身無法動彈。

啊，啊啊，原來如此。

矢野同學的問題，我無法回答，並不是我腦筋一片空白。只不過，她問題的答案，是不能讓別人瞧見的。

聽到矢野同學的話，我終於發現，自己一直搞錯了之前藏在心底的東西到底是什麼。

雖然難以置信，但我並不想搪塞過去。

我心中以為藏著罪惡感的所在，感到針刺般的痛楚，都因為我被矢野同學的話刺到，而被戳破了。

「阿達，同學才奇怪，吧。」

「…………」

「這是報復，你在屋頂上說，我奇怪，喔，嘻嘻，嘻。」

我希望矢野同學怕我……，她說得沒錯。

理由很簡單——因為，這樣一來，就可能不用繼續在意她的事了。要是她覺得我是討厭的傢伙、害怕我的話，就這樣不理我，我也能樂得輕鬆了吧。

總之我道歉，要是對方拒絕我的話，那我就沒辦法啦，這樣就輕鬆了。我可能是這麼想的。

無法否認心底一直有這種想法——我害怕人家來求助。所以我才會毫不猶豫地，來這裡道歉。

我發現了心底，黑暗的地方……，那多半，不是罪惡感。

「啊——還是，說，」

矢野同學不知道我心中的黑暗吧。

「阿達，同學，害怕阿達，同學自己，呢？」

她用手指著我，好像很困惑似的歪著頭說。

「……哎？」

「沒問題，不可，怕。」

矢野同學跟風之谷的娜烏西卡*5一樣說著，不是微笑，而是嘻嘻地笑起來。

但是我仍舊不說話，她又把頭往旁邊一歪。

「不對嗎？」

「…………」

「那，難不成，是，」

矢野同學反指著自己。

「阿達，同學怕，我嗎？」

這是接連不斷的問題中，我唯一能點頭回答的。

我的點頭讓矢野同學就露出不悅的表情，這理所當然的反應，但卻讓我膽怯了。

「為，什麼，人家什麼壞，事也沒做，啊。」

一點沒錯。矢野同學不會察言觀色，古怪又遲鈍，但她從來沒對我做過任何壞事。

只不過，不是害怕這麼單純的理由。

＊註5：風之谷的娜烏西卡，是日本動畫導演宮崎駿所創作的漫畫《風之谷的娜烏西卡》及動畫電影《風之谷》當中的主角。

「……我不知道啦。」

「不知，道什麼？」

狡猾的我不想讓她知道自己心中的黑暗，只想讓她看見表面，試著蒙混過去證明自己的清白。

但我把一直放在心裡的實話說出來了。

「因為矢野同學的想法，跟我差太多了，我完全不明白。」

我想說的是，所以沒辦法啊。

「哎——當然不，一樣啊？」

矢野同學說話的方式，並不是小看我。

「別人想，的事情當然不明，白啊？」

矢野同學皺起眉頭，好像真的不明白我在想什麼或是在說什麼。就是這種表情，完全不隱藏自己不明白的這種表情，好可怕。

「那麼阿達，同學跟誰一，樣呢？」

跟誰？我腦中浮現許多人的面孔。

矢野同學在自己眼前攤開手，彎起大拇指。

「裝成好像喜，歡欺負人的樣子其實，要是不瞧不起別人就，不安得要命的女生？」

她說誰啊？

然後她彎起食指。

「腦筋很，好知道自己的行動會怎麼，影響周圍的玩世不恭的男，生？」

她說誰啊？

接著她彎起中指。

「以前吵過架的朋友，被人欺侮了也沒法和，好，對誰都只能唯唯諾諾但是卻，覺得自己有責任，要替被欺侮的人報仇的笨蛋同，學？」

她到底在說誰啊？

最後矢野同學彎了四指跟小指，把拳頭伸向我。

「我跟阿達，同學和那些人都不，一樣喔。當然不，一樣啊。所以當然不，明白別人的，想法。」

「……」

「即使這樣阿達，同學還是，害怕，我嗎？」

這次的問題，我沒有點頭。

我覺得矢野同學說的話，跟我想說的事情完全湊不到一起，但同時我也覺得她說的可能沒錯。

在我迷惘的當下，矢野同學的表情改變了，她垂下眉毛，嘴角微微上揚。

我立刻明白這並不是因為高興或覺得好笑。跟微笑不同，而是裝出來的，假的笑臉，明顯可以看出是要隱藏真正感情的……表情。

「好難，過。」

就在此時，矢野同學口袋裡的鬧鈴尖聲響起。

在校門口分手時，沒有人說：「明天見」。

我自己一個人盲目奔跑，雖然毫無意義，但我沒法停滯不動，只能奔跑。回過神來時，我已置身於黑暗的山裡，在林間穿梭，和動物擦身而過，來到河邊，頭上沒有枝葉遮掩，雨直接打在我身上。

怪物的身體，不覺得冷，雖然不覺得冷，但卻感覺到心底的震顫。我緊緊閉上眼睛深呼吸，但震顫卻不停止。

好難過、好難過、好難，過。

矢野同學的那個笑臉，無法從腦中抹去。

今天的目的應該達成了才對……

我道歉了，而且矢野同學應該也原諒我了，這樣應該就好了才對。

然而，我卻在發抖。

矢野同學說，我害怕她讓她好難過。

被霸凌、霸凌情況越來越嚴重、我踩了她重要的生日禮物，矢野同學都沒有說難過。但是我怕她卻讓她難過。

這到底是什麼意思？我笨到想不明白。

比方說，我因為誰怕我而感到難過，誰不想接近我會讓我難過……我試想像了一下。

我信任的人，就算不是全部，但相信那個人的某些地方。

矢野同學一定，相信我吧。

不，不只是平常的我。就算白天做了那種過份的事，晚上還是會來道歉的，這樣的我。

所以她才問，白天的我跟夜晚的我，哪一個是真的？

一定是想確認夜晚的我，才是真正的我。而來道歉的是真正的我，做過份的事的是假的我。

其實不是這樣的，我根本沒有什麼罪惡感。

我沿著河邊前進，前方有小動物跟體型比較大的動物。

「××××」

我以為是狩獵的場面，所以叫出聲來，兩隻動物分別往不同的方向逃竄。

我想起面對怪物，面對高大的同班同學，都不逃跑的矢野同學。

話說回來，我道歉之後是打算怎樣啊？

道了歉，然後說明天要是有東西掉在我腳邊，我還是會踩嗎？還是明天我會一樣無視妳，抱歉喔。

我只是自己任意預設了結論而已。也就是說，道歉是為了我自己。假裝自己是好人，假裝自己是優等生。

「…………對不起。」

我在無人的黑暗中，不知道跟誰道歉。

我只知道，自己是比積極霸凌矢野同學的傢伙更壞的生物。為了生存狩獵比自己弱小的生物，那樣的動物還坦蕩多了。

我慢慢低頭望向自己的六隻腳，表面的黑點蠢蠢欲動，好像黑色小蟲聚集在一起所成形的生物，越看越覺得厭惡。

但是，是哪一邊呢？

矢野同學今晚也一定在等我。

等著跟她一起共度晚休時間的我。

就算只有夜晚，才像朋友的我。

到底有多瞭解她的我。

變成怪物的我。

她在等待，這麼嚇人的我。

她被騙了，被我這個惡劣的生物欺騙了。

我用八個眼睛望著黑暗，甩動四根尾巴，爬上山。

應該比任何生物都寬廣的視野，已經被各種思緒給淹沒。從面前竄過的動物、在岩石下紮根的大樹、腳邊靜靜綻放的小花，我都看不見。

到底是怎麼回事啊？

怪物到底是什麼啊？

星期二・白天

早晨到來，我仍舊不明白。

腦袋沈重萬分。就算是怪物的樣子，一直淋雨也會感冒嗎？

身體也覺得很疲乏。乾脆請假不去上學的想法在沈重的腦袋中掠過，但只是掠過而已。

下樓吃了媽媽準備的早餐，今天只吃得下一片吐司麵包。換制服的時候我有想過，但還是沒有量體溫，因為要是看見數字，一定會沒力。

感到不舒服的時候，才體會到自己真的有人類的身體，是跟夜晚在天空馳騁時完全相反的感覺，全身都可以感受到周圍的空氣和聲音跟自己完全不同。

雖然可以感受到，但這並沒有什麼特別的好處。

離開家裡時，已經沒有下雨了，但我還是決定走路。

一步一步，跟昨天完全相同的路線。但已經騎腳踏車跟走路經過不知多少次的路線，今天卻有瞬間覺得跟以往不同。可能是因為我疑似感冒了吧。

我垂下視線，望著地上的積水處往前走，前方突然出現了一雙小號的運動鞋。

「早安——」

在抬起頭前就聽到女生的聲音，我聽得出是誰，還是有點意外。

「早，早啊。咦，工藤是走這條路嗎？」

這條路是上學的路線。我們學校的學生上學的路線大約分成三個方向，工藤家是在北邊大馬路的方向。

「還好啦。」

工藤輕笑起來說道，她輕鬆的態度讓心情沈重的我也笑起來。

「什麼還好啦。」

「我在姐姐家過夜，她開車送我來，但我不想被人取笑說妳平常不是都騎腳踏車來的嗎。」

「哎——」

工藤是屬於體育社團那一群，平常還滿受人喜愛的，她會不想被這樣取笑，讓我很驚訝，但我沒有說出來。

「妳那個我們學校劍道社史上最強的姐姐啊。」

「對啊，所以我壓力超大的說。」

伸出舌頭的工藤是就算聽到抱怨或不愉快的事情，也能以笑臉包容回應的堅強孩子。總是愉快開朗的她，我打心底為她打氣。

「加油喔。」

「嗯。」

她用力點頭，露出虎牙笑道。

我望著點頭的工藤，突然想起來，一定是因為疑似感冒所以腦子壞掉了。

我心想，哪個才是真的？

「這麼說來，阿達啊。」

「嗯？」

哪個才是真的啊？

個性開朗，照顧學弟學妹，努力愉快地過著學校生活的工藤。

「最近有時候精神不好吔。沒事吧？」

一面說話一面毫不遲疑地用利樂包扔向同班同學後腦的工藤。

「真的嗎？完全沒事啊。」

哪個才是真正的工藤？

「那就好。要是有什麼煩惱的話，可以跟我說喔，難得坐隔壁啊。」

「…………沒什麼啦。」

我想，總不能說自己搞不好是怪物吧。

「真的嗎？」

「……嗯。我是有想就要考試了，差不多該開始認真唸書了啦。」

「哇——」

工藤停下腳步，發出驚訝的聲音。我摸了摸頭轉過身。

「怎樣？」

「沒有沒有，阿達果然很認真啊。」

說我認真，我做好被取笑的準備。然而不是——

「我也得認真想想才行，我的劍道沒有強到能夠保送高中。我要跟阿達學習，那我的樂觀就給你吧。」

「我用不著啊？」

「啊哈哈哈。」

工藤笑出聲來，她的樂觀真的幫過我好多次，所以我覺得這次或許也能給我一些線索。

工藤不會看不起別人認真，也不會歧視跟自己不同的人，我覺得可以問她。

但光是問這個問題可能就跟班上不同步了，不過我相信工藤。

「這麼說來，其實也不是什麼煩惱啦。」

我下定決心試著開口，工藤刻意做出認真的表情。

「喔，嗯，要說什麼都可以。」

「工藤，妳跟社團的學弟妹一起的時候，跟班上的大家一起的時候，還有，妳現在有男朋友嗎？」

「沒，沒有沒有。」

「那就以前有男朋友的時候，這些時候的妳，哪一個是真正的自己？」

「哎，好困難的問題。但是——」

工藤跳過地上的積水，我則繞道走過。

「跟阿達你們在一起的時候吧。社團活動的時候，因為我是三年級，非得有學姐的樣子不可；之前跟學長交往的時候，顧慮也很多。」

「這樣啊，不好意思，問妳這麼奇怪的問題。」

「不會，沒事。」

不過，工藤好像真的完全不介意的樣子，讓我鬆了一口氣。

工藤瞭解真正的自己，讓我感到焦慮。

其他人是不是也是這樣呢？是不是只有我不明白呢？

其實我還想知道，工藤對欺負矢野這件事的立場到底是如何？但我沒有再問下去。

抵達學校之前，我和平常一樣繼續跟工藤閒聊。簡直像是我們班上沒有冷落、沒有霸凌、沒有復仇一樣。

我一直在思考，果然還是想不出答案。

我們接近校門口時，人一下子變多了，張著大嘴打呵欠的笠井也在裡面，他也看見我們舉手招呼，我跟工藤也舉起手來。這時工藤突然嘆了一口氣。

「我果然還是沒用啊。」

「什麼？」

「哎，啊，沒事沒事。」

工藤不知道是有意無意，用手掩住嘴，很稀罕地露出害羞的樣子。但我決定不予追問，我並不覺得工藤是沒用的傢伙。

笠井在校門口等我們。

「早啊——，阿達跟工藤同路啊？」

「早安——，我姐姐開車送我到附近，我下車走過來，在路上碰到阿達的啦。」

工藤笑著說明，她可能是想避免麻煩，不讓笠井捉弄她吧。

「雨停了真好啊——」

工藤轉移了話題，我們輕鬆地說笑，以各自的步伐走進學校。

就這樣，今天跟平常一樣的學校生活又開始了。

不過，我在腦中反芻工藤剛剛說的話——

我覺得沒用的人是我。工藤很瞭解自己，每天踏實地過日子；但我不一樣，白天晚上都在東想西想，但卻連自己都不瞭解，今天依舊這樣來上學了。

我一定得快點決定才行。

雖然不明白要做什麼決定，但總覺得至少今天到學校之前，必須做出決定。

然而，現在又要像平常一樣，什麼也不明白地開始一天的生活。

自己到底是誰？在班上處於什麼位置？都沒有明確的答案。

我在鞋櫃處換上既沒有濕也沒有被破壞的便鞋，和跟我不一樣，並不卑鄙也不膽小的同學們一起上樓。

沿著走廊往前，進入教室，坐在位子上，反覆已做過幾百次的行動。

教室裡有笑容滿面跟我打招呼的人，有熱切地討論昨天電視節目的人，有趴在桌子上睡覺的人。

沒有任何人發現，怪物分明坐在這裡。

狡猾的我，明明就坐在這裡。

真正的面目，從外表是看不出來的。

因為連我自己都不明白。

我仍舊沒有做出決定。

「早，安。」

我分明還沒有做決定，就聽到了跟平常一樣，怪腔怪調的聲音。

分明知道不會有人理會，還是跟對方打招呼，無論何時矢野都掛著微笑。

只有我知道這並非因為她是個怪人。

只有我知道她其實很害怕。

每天早上掛著微笑的她，是在害怕什麼呢？分明是她自己跟其他人打招呼的呀。

是害怕自己的存在被人知道嗎？

是害怕跟霸凌自己的人打招呼嗎？

是害怕自己不尋常的行動嗎？

哪種都有可能，但這全都是只要她不要這麼做就可以解決的。

也就是說，她最害怕的並不是這些事。搞不好，其實非常單純。

並不是因為她被霸凌，並不是因為她是矢野，是誰都有的單純情感。

知道今天也沒有人理會自己，所以害怕嗎？

矢野的每一步，看起來像是慢動作，也像是快轉。

其實兩者都不是，她跟平常一樣，搖搖晃晃地走著，不時碰到同學的袖子，被人家嫌棄。

從昨夜開始在我腦中出現的各種想法和感情蠢蠢欲動，在今天見到矢野同學之前必須做出決定。

要做出選擇。

自己到底是誰？

什麼才是怪物？

該用什麼態度面對矢野？

在班上處於什麼立場？

要是無法決定的話，那麼昨天晚上的行動，就完全白費了。所以我覺得只要我做出決定，一定就不會再煩惱了。

然而，花了一個晚上，還是什麼都無法選擇，無法做出決定。

應該也有什麼都不去想的選擇吧，但我連要不要這樣都無法決定。

其實我根本什麼都還沒有決定。

「早、安」

那個聲音，像是從要縫合教室裡大家之間的縫隙一樣響起。

腔調很奇怪，聲音發抖，奇怪的招呼。

我們都很敏感，我們比大人想得更為耳聰目明，所以能夠立刻察覺到比自己弱小或是不好的東西。只要有點不一樣，就能馬上發現。

全班一定都聽到這奇怪的招呼了。

要是是矢野的話，奇怪是正常的，教室裡的時間一下子就恢復原狀。

只不過大家都沒發覺是誰出聲招呼，是在跟誰打招呼的吧。

其實我也不知道。

為什麼分明沒下決心，自己卻做出這種事，我也不知道。

只有總是掛著微笑的她，露出驚訝的表情，直直望著我。

望著身為人類的我，望著身為怪物的我，望著阿達。

我嚥下口水。兩邊的我，只有她知道。

我的兩邊有多可怕，只有她知道。

但矢野絕不轉移視線，她會用大大的眼睛，直視著阿達，直視著我。

兩邊的我，她都看到了。

當我察覺的時候，已經再度開口。

「早安。」

連我自己在內的所有人，這次終於發現是誰在出聲招呼，且是在跟誰打招呼。

矢野也明白了。

我的招呼，她聽到了，因為她慢慢地笑起來。

不是微笑，而是嘴角略為上揚，並不勉強的自然的笑容。

或許只有我才知道，那才是真正的笑容。

「終於，見到，面了。」

她的聲音大得毫無必要。

我並不責怪她。

我思考著自己行動的意義。

背叛了同儕意識？

轉投矢野派？

我還想得出很多其他的意味，但我覺得其實也沒那麼嚴重吧。

不像矢野說的「終於」，那樣嚴重的意義。

也不過就是打招呼，只是打招呼而已。

哪一邊的我，都辦得到。然而——

「為什，麼。」

矢野把小腦袋歪向一邊。

我想她是問我，為什麼今天突然跟她打招呼？

本來根本用不著問的問題，只不過是打招呼。

我張開自己都知道在發抖的嘴唇，打算這麼回答，但我錯了。

「為什麼，阿達，同學在哭，啊？」

被她這麼一說，我才發現。

視野模糊，有東西流下面頰，喉嚨發緊。

為什麼呢？我不知道。為什麼我要哭呢？

分明並不難過啊。

我慌忙用袖子擦眼睛。

「阿達，怎麼啦？」

我聽見隔壁工藤的聲音。

她的疑問一定不是針對我為什麼哭吧。

工藤覺得我跟班上不同步了吧。

要是這樣的話，不好意思，不是的，我仍舊覺得矢野很奇怪。她對綠川做出的事，對井口做出的事，都非常奇怪。

我也並不覺得那是正確的，也沒辦法背棄這樣想的自己。

只不過，我發現現在的我也一直都存在而已——覺得矢野可能並不完全是壞人的我。

她喜歡音樂、喜歡漫畫、會愉快地講著這些話題。

覺得霸凌她並不對的我，並不只存在於夜晚，而是一直都在這裡。

我什麼也無法決定，花了整個晚上，也無法決定到底該選哪一邊。

但是，當我知道矢野眼中有兩個我時，就發現了。

無法無視矢野同學，夜晚的我。

不想被大家討厭，白天的我。

哪一個我都不是好人。

所以我沒法幫妳，但回應妳的招呼還是可以的。

哪邊的我，都可以。

這或許很卑鄙，或許並不純正，或許並不合群。

但如果這樣就不合群，那我其實一直都不合群。

一直都不知道自己到底什麼時候會傾向哪一邊而活著，我只是做了自己能做的事情而已。

啊，原來如此，我總是比矢野晚一步才明白。

我知道自己為什麼哭了。

正如她所說的一樣——

終於，見到面了。

所以我好好回答工藤。

「我沒事喔。」

這個回答，在工藤聽起來可能是我自己選擇站在矢野那邊，要跟她決裂的意思。

但是，並非如此，我跟以前一樣，完全沒變。

夜晚時我煩惱過，早上跟工藤聊天，稍微振作了一點。

跟在此之前每一天的我一模一樣；跟覺得我和大家同步的那個我一模一樣。

我當然知道大家不會這麼簡單地就接受無法做出選擇的我，站在中間位置的井口有什麼遭遇，我並沒有忘記。

即便如此，我還是抱著希望……，希望大家都能發覺……

發覺自己可能就在沒有必要的想像力中。

發覺自己可能就在對方的痛苦之中。

發覺以為是自己的自己其實是誤會了。

發覺大家其實只是有各自的步調。

發覺可能並沒有固定的地位。

我發覺了。

所以，工藤瞪著我，把書桌拉開，我也明白這是因為她以自己的步調思考後得出的答案。

她的眼神跟以前中川看著井口的眼神很相似。
要接受這一點，很困難，我打心底覺得難過。
輪到自己，就不能覺得這也是沒辦法的事了。
我第一次發覺這一點，受到了雙重打擊。

當天晚上，我久違地沈沈入睡。

闇夜的怪物

作者 住野夜 Yoru Sumino
譯者 丁世佳 Lorraine Ting
發行人 林隆奮 Frank Lin
社長 蘇國林 Green Su

出版團隊
總編輯 葉怡慧 Carol Yeh
日文主編 許世璇 Kylie Hsu
企劃選書 許世璇 Kylie Hsu
封面設計 許晉維 Jin Wei Hsu
版面構成 譚思敏 Emma Tan

行銷統籌
業務處長 吳宗庭 Tim Wu
業務主任 蘇倍生 Benson Su
業務專員 鍾依娟 Irina Chung
業務秘書 陳曉琪 Angel Chen
莊皓雯 Gia Chuang
行銷企劃 朱韻淑 Vina Ju
蕭震 Zhen Hsiao
許家瑋 Jia Wei Syu
[illegible]

發行公司 精誠資訊股份有限公司 悅知文化
105台北市松山區復興北路99號12樓
訂購專線 (02) 2719-8811
訂購傳真 (02) 2719-7980
專屬網址 http://www.delightpress.com.tw
悅知客服 cs@delightpress.com.tw
ISBN：978-957-8787-64-3
建議售價 新台幣360元
首版三刷 2019年01月

國家圖書館出版品預行編目資料

闇夜的怪物／住野夜 著；丁世佳譯.
-- 初版. -- 臺北市：精誠資訊, 2018.11
面； 公分
譯自：よるのばけもの
ISBN 978-957-8787-64-3(平裝)
861.57 107018653

建議分類｜文學小說・翻譯文學

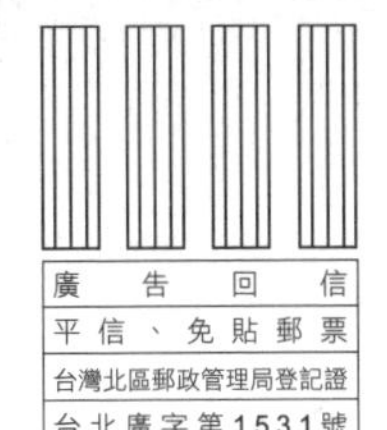

廣告回信
平信、免貼郵票
台灣北區郵政管理局登記證
台北廣字第1531號

SYSTEX making it happen 精誠資訊 | dp 悅知文化 Delight Press

精誠公司悅知文化　收

105 台北市復興北路99號12樓

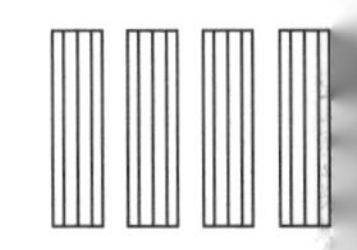

（請沿此虛線對折寄回）

大人可能都不記得自己中學時的情形了，
我們的存活方式比大人想像要殘酷得多。

dp 悅知文化 Delight Press

讀者回函

《闇夜的怪物》

謝您購買本書。為提供更好的服務，請撥冗回答下列問題，以做為我們日後改善的依據。

將回函寄回台北市復興北路99號12樓（免貼郵票），悅知文化感謝您的支持與愛護！

名：＿＿＿＿＿＿＿＿ 性別：□男 □女 年齡：＿＿＿ 歲

絡電話：(日)＿＿＿＿＿＿＿＿ (夜)＿＿＿＿＿＿＿＿

mail：＿＿＿＿＿＿＿＿＿＿＿＿＿＿＿＿

訊地址：□□□-□□＿＿＿＿＿＿＿＿＿＿＿＿＿＿＿＿

歷：□國中以下 □高中 □專科 □大學 □研究所 □研究所以上

稱：□學生 □家管 □自由工作者 □一般職員 □中高階主管 □經營者 □其他＿＿＿＿＿＿＿＿

均每月購買幾本書：□4本以下 □4~10本 □10本~20本 □20本以上

您喜歡的閱讀類別？(可複選)

□文學小說 □心靈勵志 □行銷商管 □藝術設計 □生活風格 □旅遊 □食譜 □其他＿＿＿＿＿＿＿＿

請問您如何獲得閱讀資訊？(可複選)

□悅知官網、社群、電子報 □書店文宣 □他人介紹 □團購管道

媒體：□網路 □報紙 □雜誌 □廣播 □電視 □其他＿＿＿＿＿＿＿＿

請問您在何處購買本書？

實體書店：□誠品 □金石堂 □紀伊國屋 □其他＿＿＿＿＿＿＿＿

網路書店：□博客來 □金石堂 □誠品 □PCHome □讀冊 □其他＿＿＿＿＿＿＿＿

購買本書的主要原因是？(單選)

□工作或生活所需 □主題吸引 □親友推薦 □書封精美 □喜歡悅知 □喜歡作者 □行銷活動

□有折扣＿＿＿折 □媒體推薦＿＿＿＿＿＿＿＿

您覺得本書的品質及內容如何？

內容：□很好 □普通 □待加強 原因：＿＿＿＿＿＿＿＿

印刷：□很好 □普通 □待加強 原因：＿＿＿＿＿＿＿＿

價格：□偏高 □普通 □偏低 原因：＿＿＿＿＿＿＿＿

請問您認識悅知文化嗎？(可複選)

□第一次接觸 □購買過悅知其他書籍 □已加入悅知網站會員www.delightpress.com.tw □有訂閱悅知電子報

請問您是否瀏覽過悅知文化網站？ □是 □否

您願意收到我們發送的電子報，以得到更多書訊及優惠嗎？ □願意 □不願意

請問您對本書的綜合建議：＿＿＿＿＿＿＿＿

希望我們出版什麼類型的書：＿＿＿＿＿＿＿＿